Ludwig Fischer, geboren 1929, verbrachte seine Kindheit in der Baranja in Jugoslawien. Als deutscher Volkszugehörige wurde er 1945 in Arbeitslagern interniert. Er schaffte die Flucht über die Grenze nach Ungarn. Er studierte Lehramt und arbeitete bis zu seiner Pensionierung als Lehrer. Ab den 1970-er Jahren leistete er einen wichtigen Beitrag zur Wiederbelebung einer ungarndeutschen Literatur. Seine Werke erschienen in Ungarn in der Neuen Zeitung, in zahlreichen Anthologien und in zwei eigenständigen Büchern. Er starb 2012 in Ungarn.

Ludwig Fischer

Der Rasen

Kleinroman

BoD – Books on Demand

Bibliografische Information der Deutschen Nationalbibliothek:
Die Deutsche Nationalbibliothek verzeichnet diese Publikation in
der Deutschen Nationalbibliografie; detaillierte bibliografische
Daten sind im Internet über http://dnb.dnb.de abrufbar.

Herstellung und Verlag: BoD – Books on Demand, Norderstedt

ISBN: 978-3-8482-5971-7

Es war schönes Sommerwetter, Hochsommer. Hochsommer, als er den Zufahrtsweg erreichte. Vor ihm lag die weite Ebene, am Rande der Ebene Birkenhausen. Die Kirche, Gassen, hinter dem Dorf der Weinberg. Stille, Sommerhitze. Aus der Ferne hörte man das dürre Klappern eines Storches. Wagner fuhr das Auto unter einen schattigen Baum, seinen hellen Hut und die Jacke legte er auf den Rücksitz. Er nahm sein Fernglas zu sich. Graues Haar, eine leichte, helle Hose. Er merkte kaum, wie ein Pferdewagen hinter ihm auf den Fahrweg fuhr. Auf dem Wagen saß ein alter Bauersmann mit einer Peitsche in der Hand. Schwarzer Hut, dicker Schnurrbart.

»Dobar dan!« rief der Mann, als er seine Pferde zum Stehen brachte.

»Dobar dan!«

»Nemačka?« wies er mit seiner Peitsche auf das Auto.

»Da.«

Wagner lächelte ihm zu. Mensch, dachte er froh, ich spreche noch immer Serbisch, nach fast fünfzig Jahren!

»Du lebst in Deutschland und sprichst noch Serbisch?«

»Seit fünfzig Jahren lebe ich in Deutschland.«

»Grüß dich, wen suchst du hier?«

»Meine Kindesjahre.«

»Kindesjahre? Was sollen denn deine Kindesjahre hier in Birkenhausen?«

»Ich bin Wagner, Ludwig Wagner, ich stamme aus Birkenhausen.«

»Antun Milutinović.«

»Seit wann lebst du hier?«

»Oh Mann, oh Mann! Seit wann! Na ja. Nach dem Krieg. 1945. Grimmig kalt war's damals. Dezember. Ja, ja, es stimmt schon. Damals brachten sie uns aus Bosnien.«

»Wir waren schon damals weit weg. In welchem Haus wohnt ihr jetzt?«

»In einem Haus. Wir haben uns darüber nie Gedanken gemacht. Hausnummer 245. Es ist halt so ein Schwabenhaus. Wenn du willst, kannst vor der Kirche auf mich warten. Ich spanne nur meine Pferde aus. Ich werde dir alles zeigen.«

»Danke, sehr lieb! Ich werde mich auch allein zurechtfinden.«

»Hie und da kommen schon solche Leute vorbei. Sogar aus Kanada und Australien. Also nichts für ungut! Sind komische Leute! Sagen alle, der Berg war früher höher. Sagst du auch, dass der Berg nicht so hoch ist, wie er war? Sagst du? Guck mal mit deinem Gucker!«

»Ich weiß nicht, aber mir scheint auch...«

Ein komischer Kauz, schaute Wagner dem Wagen nach.

Knapp vor zwölf erreichte er das Dorf. Still und ruhig lag es in der Sonne.

»Mein Gott! Birkenhausen!«

Zuerst machte er eine Umfahrt. Er wollte hinauf auf den Weinberg in ihren Weingarten. Dort oben waren sie immer gern. Opa, Oma. Obstbäume, das Bläulichgrün der Weinstöcke, die Stille. Nur das monotone dumpfe Klopfen der Hacken. Am Wegrand Blumen, bunte Farben, Duft, in der Reifezeit sonnten sich schwarz, rot und gelb die Traubenbeeren. Herbstrosen zierten die Wege, ab und zu kamen bekannte Leute vorbei.

»Geht's?«

»Es muss.«

»Jetzt hat man's schon schön im Weingarten.«

Weit unten das Weiß der Landstraße. Hie und da holperte ein Wagen dahin. 1944 wurde es dann ernst, ganz ernst.

»Ludwig, was tust denn?«

»Ich lese die alten Pfähle zusammen.«

»Komm, mein Junge. Lass jetzt die Pfähle, guck mal zur Landstraße hinab. Da kommen Pferdewagen ohne End.«

»Opa! Noch immer! Und die Leute auf den Wagen! Auch Planwagen.«

»Und nicht wenig!«

»Guck mal, Opa, Kühe hinter den Wagen!«

7

»Jetzt geht's aber los! Jetzt geht's los, Ludwig!«

»Was denn, Opa?«

»Der Krieg, mein Junge! Lieber Gott! Das sind Flüchtlinge! Bald sind auch wir dabei.«

»Opa!«

»Es dauert nicht mehr lange.«

Von Osten näherte sich ein fürchterliches Sausen und Dröhnen, das zum Donner wurde.

»Auf die Erde, Ludwig! Komm hinter den dicken Nussbaum! Flugzeuge!«

»Sind's Russen, Opa?«

»Gewiss. Zwei. Dort hast sie. Oh Gott, lieber Gott! Das kann doch nicht sein!«

»Opa!«

»Leg dich fest an meine Seite!«

»Opa!«

»Nur ruhig! Oh nein! Junge, das sind deutsche Jagdflugzeuge. Guck mal! Dort kreisen sie über der Landstraße. Sie begleiten die Flüchtlinge, damit sich die russischen Ratas nicht näher trauen.«

»Opa, ich lauf hinab.«

»Hinab, sagst du? Bleib hier in der Nähe!«

Der Zug der Flüchtlinge wollte nicht abbrechen.

»Na Junge!« stülpte Großvater seinen Strohhut auf einen Pfahl. «Hast was herausgekriegt?«

»Sie kommen aus dem Banat. Fünf Tage sind sie schon unterwegs. Die Russen sind schon im Ostbanat.«

»Dumm ist das schon! Bald können auch wir

unser Gepäck schnüren.«

Wagner fuhr sein Auto unter einen schattigen Baum. Die Sonne schien warm. Stare schwirrten dahin. Hier hatten sie ihren Weingarten. Damals, noch vor fünfzig Jahren. Das kleine Haus unter dem Nussbaum. Ein kleines Zimmer mit Küche, Werkzeugkammer. Den alten Nussbaum fand er noch, unten den weißen Streifen der Landstraße.

Oma wollte nicht weg aus dem Dorf. Es war schon Anfang Oktober 1944. Opa war mit der Weinlese fertig.
»Eine nie dagewesene reiche Fechsung! Am Ende wird's uns an Fässern fehlen!« meinte Großvater beim Abendessen.
»Die Russen werden schon leere Fässer machen«, sagte Mutter mit matter Stimme. »Ich habe am Nachmittag Flüchtlinge getroffen. Die Russen sollen schon in der Batschka sein.«

Nur der alte Nussbaum erinnerte noch an ihren großen Weingarten, Steine und Ziegelstücke im Dickicht an das Haus. Aus der Ferne erklang eine Glocke. Am Nachmittag kam er wieder ins Dorf zurück. Zuerst fuhr er zum Kirchweihplatz, damals sagte man nur Rasen. Der Rasen war der Kirchweihplatz mit viel Gras, Kamille, Löwenzahn und Gänseblümchen. Der Rasen! Die unbegrenzte Freiheit, der Tummelplatz der Schulkinder. Wo sind sie alle geblieben? Der Rasen war das Zentrum der schwäbischen Gemeinde. Die katholische Kirche, die deutsche Schule, das Geschäft, das Wirtshaus. Er setzte sich auf eine Bank beim Haupteingang der Kirche. Ab und zu blickte er zum Rasen hinüber. Als fehlte da etwas. Mein Gott! Der heilige Florian! Den haben sie auch weggeschafft! An der Mauer der Kirche entdeckte er das Missionskreuz, in eine Steinplatte eingehauen. Auf dem Kreuz deutsche Worte mit Zahlen: Rette deine Seele!

»Dobar dan!«

»Dobar dan!«

»Čekate (Warten Sie)?« fragte eine ältere Frau. Dunkler Rock, dunkles Kopftuch.

»Čekam.«

»Dobro (Gut)!«

Sie ging mit schlurfenden Schritten weiter, dann blieb sie doch wieder stehen und schielte zurück.

»Tako je (So ist's halt)!«

Es war ihm, als wäre er in einer Geisterwelt. Die bekannten Häuser, die wohlbekannten Gassen hatte er wohl vor sich, etwas verwahrlost, verwildert, aber die Leute, die damals hier vorbeikamen, und ihr kräftiges Schwäbisch redeten, traf er nicht. Er kam auch ans Bergische Haus. Dort kam jeden Morgen Onkel Berg aus dem stattlichen Haus. Große Fenster, großes Tor. Onkel Berg war Dorfrichter. Er trug helle Leinenanzüge, einen leichten, hellen Hut.

»Guten Tag, Onkel Berg!«

»Grüß dich, Ludwig! Wieder zur Schule? Schön. Und immer fleißig, Ludwig! Dann wirst es auch zu etwas bringen! Schöne Grüße an Herrn Ribar!«

Nun stand er wieder vor dem Bergischen Haus. Seine Träumereien führten weit in die Vergangenheit zurück. Er wartete auf das Kommen des Onkels. Es blieb aber still, nur eine kratzige Männerstimme war vom Hof zu hören.

Mein Gott! Er ging zur Kirche zurück. Wo ist alles geblieben? Wo? Die heile Welt haben nur noch wir in der Seele. In Deutschland, in Ungarn, in Kanada. Die Erinnerung an diese dahinschwindende Welt. Und mit unserem Dahinschwinden wird sich auch kein Mensch mehr an jene Jahre, an jene Leute erinnern. Hier bleiben nur noch die verödeten Häuser.

Es begann dort auf dem Rasen, alles begann dort auf dem Rasen am 24. März 1945, an jenem warmen Frühlingstag. Dort waren sie noch alle beisammen. Die deutsche Gemeinde. Alt und jung. Am 24. März wurde um elf Uhr kund gemacht, dass sich die Deutschstämmigen um 13 Uhr auf dem Rasen zu melden haben. Es war schon Tage davor bekannt, dass es dazu kommt. Ludwig fragte oft:

»Mama, warum seid ihr in letzter Zeit so eigenartig? Stimmt was nicht?«

»Schon gut. Es wird schon.«

Mama ging jeden Tag zur Frühmesse und kam mit verweinten Augen wieder. »Ludwig, mein Kind! Jetzt musst du immer klug und gescheit sein! Willst du das, mein Junge? Wie ein Erwachsener.«

»Warum, Mama?«

»Die Partisanen! Sie wollen uns alle wegschaffen. Sie wollen uns alle internieren.«

»Das können sie doch nicht tun!«

»Sie können es. Sie können alles tun!«

»Aber warum? Was haben wir denn getan? Wir haben niemand etwas zuleide getan. Wir haben doch nichts verschuldet! Oder doch?«

»Ja, mein Kind! Eine schwere Schuld haben wir schon. Wir sind Schwaben, ob wir wollen oder nicht... Hier wird man uns das nie verzeihen!«

»Oh Mama!«

»Schön ruhig, mein Junge! Du bist ja schon groß.«

»Mama, haben wir das verdient?«

»Das weiß nur der liebe Gott!«

»Und müssen wir alles lassen, müssen wir alles hier lassen?«

»Bestimmt müssen wir das.«

»Warum arbeitet dann Oma noch immer im Garten? Wären wir doch im Herbst mit unserem Wagen nach Deutschland gefahren!«

»Meinst du?«

»Ja, Mama.«

»Großmutter wollte doch nicht. Siehst doch,

sie arbeitet noch immer im Garten und wartet auf das große Wunder.«

»Tut sie das?«

»Leider! Du kannst jetzt Opa helfen. Er bringt Rüben und Heu in den Stall. Wenn sie zu uns kommen, wird er die Kühe, Pferde und Schafe freilassen. So haben sie, wenn's nicht zu lange dauert, ihr Futter.«

Am Abend machte die Mutter aus Säcken vier Rucksäcke. Einen für Oma, einen für Opa, einen für Ludwig und einen für sich. Oma betete aus ihrem dicken Gebetbuch, Großvater saß still beim Tisch. »Die Leute sagen, man wird uns nach Sibirien bringen« meinte er nach einer Weile.

»Nach Sibirien? Und das Vieh in unserem Stall?«

»Du meinst doch nicht, dass unser Vieh am nächsten Tag noch hier in unserem Stall zu finden wäre?«

»Niemand weiß Bescheid«, sagte Mutter mit matter Stimme.

»Schon gut. Wir werden es bald herauskriegen.«

»Vielleicht geschieht auch ein Wunder«, blickte Oma von ihrem Gebetbuch auf. »Lieber Gott, stehe uns bei!«

Die Mutter verpackte das Nötigste: Wäsche, Handtücher, Jacken, Hosen, Messer, Löffel, für jeden ein Schüsselchen.

»Fertig«, meinte sie später. »Alles andere bleibt hier.«

»Alles andere?« fragte die Großmutter ungläubig.

»Alles.«

»Vielleicht geschieht auch ein Wunder. Heiliger Antonius von Padua, stehe uns bei.«

Um elf Uhr kam der neue Gemeindediener mit seiner Trommel durchs Dorf und machte die neueste Verordnung bekannt: Alle, die deutscher Abstammung sind, haben sich um 13 Uhr mit ihrem Rucksack, der das Nötigste enthält, auf dem Rasen vor der katholischen Kirche zu melden. Sollte sich jemand der Verordnung widersetzen, wird er von den Soldaten der Volksarmee vorgeführt.

Immer mehr Leute auf der Straße. Tränenfeuchte Augen, Trauer und Angst. Ihr letzter Weg durchs Dorf, durch ihre Heimatgemeinde. Auf den Rücken der Rucksack mit dem Allernötigsten. Zwirn, eine kleinere und eine größere Nadel, Messer und Löffel. Ein Handtuch, Taschentuch, Wäsche, das Gebetbuch, Fotos... Das Allernötigste.

Auf dem Rasen wimmelte es von Menschen. Kinder weinten, Partisanen machten sich wichtig, Hunde bellten. Unter den alten Lindenbaum hatte man einen leeren Wagen gestellt. Ohne Pferde, ohne Kutscher. Nur der leere Wagen. Es wurde kaum gesprochen. Dann rührte der Gemeindediener seine Trommel. Angst und Hoffnungslosigkeit geisterten herum.

Ein Partisan mit einem wuschigen Schnurrbart stieg auf den Wagen. Glasgrüne englische Uniform, roter Stern auf der Partisanenmütze. Auf den Gesichtern Unfassbarkeit, Trauer und Verzweiflung.

»Mein Gott!« hörte man immer wieder die stillen Seufzer. »Warum hast du uns verlassen?«

»Nicht weinen, mein Kind!«

»Warum tun sie das mit uns? Warum ist Papi nicht da? Er würde uns beschützen.«

»Weißt doch, dass unser Papi in Gefangenschaft ist.«

Das kleine Mädchen fasste ihre Mutter an der Hand und guckte verlegen zu ihr hinauf. Die Leute standen auf dem Rasen. Gedemütigt, verachtet. Der Kommandant verlas die Namen.

»Hausnummer 112. Köhler. Franz Köhler. Ist dieser Köhler taub und stumm? Verdammt nochmal!«

»Gefallen. Ich bin seine Frau, Maria Köhler.«

»Wann ist er gefallen?«

»1942.«

»Wo?«

»In Russland.«

»Sebastian Köhler und Theresia Köhler.«

»Zum Henker! Hier fehlt noch einer! Köhler Nikolaus.«

»Hier. Mein Schwiegervater.«

»Hausnummer 113. Kaufmann! Kaufmann Florian!«

Es wurde still auf dem Rasen.

»Kaufmann Florian!«

»Er lebt allein. Ein alter Mann, er will nicht weg aus seinem Haus.«

»Er will nicht?« schrie die grelle Stimme vom Wagen her. »Abholen!«

Später brachten sie ihn. Langes, graues Haar, grauer Vollbart, nur sein Gesicht war rot, rot vom Blut.

»Leute, helft doch!« schrie der alte Mann, »Seht ihr nicht, dass sie mich zu Tode schlagen?«

Der Kommandant ballerte mit seiner Pistole in die Luft. Als es still wurde, schrie er aus Leibeskräften.

»Bringt ihn auf den Schulhof! Also herhören! Hausnummer 114. Lehmann. Georg Lehmann.«

»Ja. Hier.«

»Rosalie Lehmann, geborene Hausknecht.«

»Hier.«

»Rudolf Lehmann!«

»Verschollen in Frankreich.«

Die Leute standen mit all ihrem Elend dort auf dem Rasen, der Willkür der Partisanen ausgeliefert.

Jahrzehntelang war der Rasen Schauplatz der Freude, Fröhlichkeit und Festlichkeit, als im August, am Tag des Kirchweihfestes, Krämer und Markthändler ihre Ware in ihren bunten Zelten feilboten. In der Woche vor der Kirmes reisten die Marktfahrer mit ihren schweren Pferdewagen an. Bald war der Rasen voll von bunten Zelten. Marktgassen mit fremden Männern und Frauen. Ein Ringelspiel mit Drehorgel, Schießbuden. Die Kinder sparten schon das ganze Jahr, um auf dem Kirchweihmarkt ein Messer, vielleicht auch eine

Mundharmonika oder eine Pistole mit Platzpatronen zu kaufen. Um zehn Uhr war das Hochamt in der katholischen Kirche. Zum Festmahl hatte man auch Gäste eingeladen. Gäste aus den Nachbardörfern, Verwandte, ab und zu auch Leute aus der Stadt. Der Tisch wurde im schönsten, im größten Zimmer gedeckt. Es war Kirchweih! Tag des heiligen Kajetan. Hühnersuppe, goldgelbe Hühnersuppe mit Fadennudeln, Tomatensoße mit gekochtem Hühnerfleisch, Schweinebraten, Backhendl, Gänse- und Entenbraten mit Kartoffelsalat, Gurken- und Krautsalat, Mohn- und Nußkuchen, Biskotte, Torten, Weißweine, Rotweine. Gaumenkitzel! Der Höhepunkt des Festtages war aber der Rasen! Der Kirchweihmarkt mit seinem märchenhaften Angebot. Nach dem Essen wollte alles hinaus auf den Rasen, hinaus auf den Kirchweihplatz in das bunte Gedränge. Bald vernahm man die vertrauten Töne der Drehorgel, das Platzen und Knallen von den Schießbuden her und das frohe Brummen der Bassgeigen aus den geräumigen Zelten der Wirtshäuser. Bier, Wein, Blasmusik, Polkas, Csárdás und Kolos, Fröhlichkeit, Ausgelassenheit. Alles laut, alles froh. Auf diesen Tag wartete man ja schon das ganze Jahr. Es war das Fest der katholischen Schwaben, die Serben und Ungarn machten aber auch feuchtfröhlich mit. In den Bierzelten wurde fröhlich gezecht. Wein, Bier, Tanz und Musik. Man kam an den Marktbuden vorbei, ein verlockender Anblick. Schuhe, Stiefel, Hüte, Kopftücher, die

Meisterwerke der Blaufärber, Röcke, Schürzen, Lederschlappen, die Buden der Lebzelter. Das Lebkuchenherz mit dem kleinen Spiegel hatte immer viel zu erzählen. Die Mädchen kauften sich bunte Bänder und Schleifen, Haarspangen, Töpfer wetteiferten im Anpreisen ihrer Ware, Melonen, ganz dicke, glasgrüne Melonen wurden angeboten, ein kleiner Mann hatte sein Fotoatelier in der Nähe der Boxkämpfe errichtet. Das Kirchweihfest brachte alles auf den Rasen. Fröhlichkeit, Musik, bunte Farben, Gaumenkitzel, die Leute wollten sich treffen, sie gingen festlich gekleidet über den Markt, sie wollten ihre Freude zeigen, alles wollte auf den Rasen.

Im März 1945 war die deutsche Gemeinde wieder auf dem Rasen. Alt und jung. Wo einst Fröhlichkeit die Gemüter erheiterte, Frohsinn und Wohlbehagen. Im März 1945 schauderte Angst und Hoffnungslosigkeit auf dem Rasen umher. Kindergeschrei, vom Berge wehten kalte Frühlingswinde. Der Partisan stand auf dem leeren Wagen unter dem Baum und las noch immer Namen und Hausnummer.

»416. Anton Falkenstein. Falkenstein nicht hier?«

»Hier!«

Der Partisan schielte nach der kratzigen Stimme. »Also bist du der Falkenstein?«

Falkenstein kam näher. Pelzkappe, regungsloses Gesicht.

»Ja.«

»Taub bist du auch noch dazu! Warum hast du dich nicht gleich gemeldet? Als ich deinen verdammten Namen las! Antworte!«

»Du solltest nicht so mit mir reden!«

»Mensch, du hast deinen Verstand verloren!«

»Ich will dich nur daran erinnern, dass man uns alle im September nach Deutschland gebracht hätte. Drei Tage stand der deutsche Zug an unserer Bahnstation. Die Serben beschwichtigten uns aber. Man wird uns nichts antun. Und so. Wo sind sie jetzt, die lauthals versicherten...?«

»Maul halten, schwäbisches Schwein, Maul halten, habe ich gesagt.«

»He, du da!« schrie der Partisan vom Wagen. »Was soll das? Wer bist du?« Der Mann kam näher. Graues Haar, grauer Schnurrbart.

»Ich bin Ribar«, sagte er mit heiserer Stimme.

»Bist du Serbe, Genosse?«

»Nein, ich bin Kroate.«

»Und was führt dich gerade jetzt hier vorbei?«

»Diese Leute hier.«

»Also diese Leute. Guck mal, guck mal! Diese Leute! Unser Herr Ribar!«

»Ich war ihr Lehrer.«

»Ihr Lehrer. So, so. Und was wollen Sie jetzt hier? Sie sehen doch, Herr Ribar, dass wir alle sehr beansprucht sind.«

»Ich will mich nur verabschieden.«

»Sie wollen mich zum Lachen bringen!«

»Sie meinen?«

»Ein kroatischer Lehrer will sich von diesem faschistischen Gesindel verabschieden. So ein närrischer Kauz! Stell dich nur an, Alter, kannst schon mitkommen. Milan, führe den Alten zu den Schwaben!«

»Ich muss Sie leider enttäuschen, Genosse, ich habe mir von der Kommandantur alle Papiere eingeholt. Genosse Nedelković war nicht besonders begeistert, als er Ihren Namen hörte.«

»Schon gut, schon gut. Mach schon! Was für eine Schule war das hier?«

»Eine deutsche.«

»Und du als Kroate hast hier unterrichtet?«

»Genau! Die schönsten Jahre meines Lebens.«

Es wurde wieder still. In der Ferne fiel ein Schuss.

»Ich danke euch allen für diese Jahre, die ich mit euch, mit euren Kindern erleben konnte. Der liebe Gott stehe euch bei!«

Er ging zu jedem Schulkind, drückte es an sich, machte auf die kleine Stirn das Zeichen des Kreuzes.

»Die Mutter Gottes beschütze dich! Nicht weinen, kleine Eva, weine nicht, mein Kind! Komm her, Hansi, du wirst mir fehlen! Und du, Ludwig, wer wird mir auf dem Chor helfen? Gib acht auf dich! Hast mich verstanden?«

»Ja, Herr Ribar.«

»Grüß dich Hanni! Die heilige Jungfrau beschütze dich!«

Als Herr Ribar das letzte Kind an sich drückte,

ballerte der Kommandant einen Schuss in die Höhe.

»Verschwinde, sonst jage ich dir eine Kugel in deinen schlottrigen Arsch! Und jetzt anstellen! Acht in eine Reihe!«

Die Leute wurden hin- und hergerissen. Die Kinder weinten. Dumpfe Schläge. Die Sonne neigte sich dem Westen zu. Ein krummbeiniger Partisan in ungarischer und bulgarischer Uniform führte ein Pferd zum Kommandanten.

»Ihr Ross, Genosse Kommandant.«

Mit einem Ruck schwang er sich auf den Rappen. Auf einmal ertönten die Glocken der katholischen Kirche. Alle drei.

»Was soll denn das?« stutzte der Kommandant. »Verdammt! Im Laufschritt zur Kirche! Bringt sie mir her!«

»Hörst du unsere Glocken, Lieschen?« beugte sich eine junge Frau zu ihrer Tochter. »Hörst du den Klang?«

»Ja, Mami.«

»Mein Gott! Unsere Glocken!«

»Wer läutet wohl?«

»Genosse Kommandant!« kam ein Partisan in Laufschritt zurück. »Wir konnten nicht...«

»Was konntet ihr nicht?«

»Hinauf in den Turm. Eine eiserne Tür...«

»Schneidet die Glockenseile ab!«

»Das geht nicht.«

»Und warum nicht?«

»Sie haben die Seile hochgezogen.«

Die Glocken klangen aber ohne Unterlass,

21

dann erhob sich eine helle Frauenstimme. »Vater
unser, der du bist im Himmel, geheiligt werde dein
Name, zukomme uns dein Reich, dein Wille gesch-
ehe wie im Himmel also auch auf Erden...«

»Die Maschinenpistole! Her mit der Maschinenpistole!«

Der Kommandant setzte an. Es knatterte und
hämmerte, dann verstummten die Glocken.

Ludwig Wagner stand nun nach fünfzig Jahren
wieder auf dem Rasen, auf dem leeren Rasen. In
Gedanken erlebte er wieder den März 1945. Er
hörte den Schrei der Partisanen, er hörte das stille
Schluchzen der Frauen, er sah die alten Männer, die
gedemütigten, geschändeten alten Männer. In Gedanken sah er wieder den Zug, den Zug der Enteig-
neten, er hörte den Klang der Glocken, auch die
Schüsse der Maschinenpistole.

Auf diesem Weg waren sie noch alle beisam-
men. Mama, Oma und Opa. Auf dem Weg vom
Rasen bis zur Kreisstadt. Hier zog der Zug der
deutschen Gemeinde von Birkenhausen vorbei.
Langsam bewegte sich der Zug, Jammer und
Betroffenheit. Alle mit ihren Rucksäcken. Auch
Kinder und alte Leute. Fassungslosigkeit auf den
Gesichtern. Mama hielt ihn bei der Hand. Ab und
zu guckte sie ihm ins Gesicht.

»Nicht weinen, mein Junge! Nicht weinen, es
wird schon!«

»Du weinst auch, Mama!«

»Nein, nein.«

»Deine tränenfeuchten Augen, Mama!«

»Weil wir nochmals an unserem Haus vorbei müssen. Dort Ludwig! Mein Gott, mein Gott!«

»Mama, bitte!«

»Dalje, dalje (Weiter, weiter)!« schrie ein stämmiger Partisan. Auf seinem kleinen Kopf eine große Partisanenmütze, die Stirn und Ohren bedeckte.

Der Abend lauerte schon in den Gärten, als der Zug der deutschen Gemeinde aus Birkenhausen die Kleinstadt erreichte. Partisanen warteten mit ihren Spürhunden auf den Zug. Derbes Gerede, Lärm, Schimpfereien.

»Mama, guck mal, wie schön!«

»Was denn, Ludwig?«

»Die Leute hier in den Häusern. Guck mal durchs Fenster! Das Licht brennt, die Leute sitzen um den Tisch. Mama, auch in diesem Haus. Und wir müssen saumüde auf dem finsteren Fahrweg weiterziehen.«

Der weite Kasernenhof war hell beleuchtet und schon fast völlig belegt, der Andrang dauerte aber noch immer an.

»Ludwig, wo steckst du schon wieder?«

»Ich komme schon.«

»Nicht weglaufen, mein Kind, sonst finden wir dich nicht in dieser Menge!«

»Aber Mama!«

»Komm, setz dich zu Oma und Opa! Sie haben sich schon auf die Erde gesetzt. Der lange Weg hat sie arg erschöpft.«

»Auch Opa?«

»Opa ist auch nicht mehr jung.«

Vor der Kaserne hetzten Partisanen ihre Hunde auf die Hunde der Schwaben, die um die Kaserne herum nach ihren Bauern und Bäuerinnen suchten.

»Arme Hunde!« meinte Opa.

»Mami!« rief eine dünne Stimme. »Auf der Erde kann ich nicht schlafen. Ich bin hungrig!«

»Das Kind hat schon recht!« wandte sich Opa der Stimme zu.

»Wir bekommen eine kühle Nacht.«

»Hier hast noch einen Kipfel, Monika.«

»Nehmen Sie meinen Mantel, der hält noch warm.«

»Ich will auch essen«, rührte sich Ludwig.

»Wurst und Brot, bitte!«

»Hier ist mein warmer Mantel, Bäuerin.«

»Danke! Sehr lieb. Sie sind sehr nett!«

»Man tut, was man kann. Ich bin Kellermann aus Birkenhausen.«

»Ich die Krämer Rosi aus Großdorf. Alois, mein Mann, ist in Afrika gefallen. Zwei kleine Kinder. Meine kleine Moni und Loisl. Er ist etwas älter. Meine Eltern hat der liebe Gott vor dieser Schreckenszeit bewahrt. Sie sind noch im letzten Sommer gestorben.«

»Beide?«

«Beide.«

»Da sind Sie die Rosi aus Großdorf?«

»Richtig!«

»Aus Großdorf hatte ich einen lieben Freund.«

»Verwandt?«

»Nein, nein. Noch aus dem Krieg. Der Glaser Toni.«

»Der Glaser Toni? War ein netter Mensch! Die flüchteten noch im Herbst nach Deutschland.«

»Der hatte schon Glück! Der Toni! Wir aber, wir sitzen hier im dicken, schwarzen Staub, hier auf diesem verdammten Kasernenhof! Und was morgen auf uns zukommt?!«

»Ich habe große Angst!«

Ab und zu knallte ein Schuss.

»Wieder ein Hund!« meinte Opa immer wieder.

»Wolfi sitzt vielleicht noch immer vor dem Tor auf der Gasse und wartet.«

»Heute Abend hat man auch unseren Hühnerstall nicht geschlossen«, meinte Oma still, als hörte man ihre Stimme aus der Ferne.

Bald war Opas Schnarchparade zu hören. Angst und Müdigkeit zogen durch die dichten Reihen der Schlafenden. Ludwig zuckte im Schlaf, dann drückte er immer wieder die Hand seiner Mutter. Er ahnte es noch nicht, dass er diese liebe Hand zum letzten Male an sein Gesicht zog. Die Träume, die führten wieder zurück nach Hause. Da waren wieder alle daheim.

Im Osten lichtete sich der Himmel. Dann näherte sich ein ausgelassenes Gesinge. Drei LKWs. Drei LKWs mit Partisaninnen. Vor der Kaserne stiegen sie von den Wagen. Gelächter, Gejohle. Frauen. Partisaninnen. Sie trugen die verschiedensten Hosen und Soldatenröcke. Das Tabakgrün der ungarischen Armee, das deutsche Fahlgrau, das Tabakbraun der Bulgaren, das Flaschengrün der Engländer. Nur die Partisanenmütze mit dem roten Stern war gleichgeformt. Junge Frauen mit ihren Gewehren. Bissig und böswillig. Bald schwärmten sie auf den Kasernenhof aus.

Ludwig blickte neugierig den uniformierten Frauen entgegen. Opa und Oma saßen bei den Rucksäcken. Mama redete mit Onkel Kellermann.

»Guck mal, Mama! Sind das richtige Soldaten?«

»Partisaninnen!«

»Da kommt eine.«

Ludwig zeigte auf die Partisanin. Die kam mit wildem Blick.

»Du schwäbischer Bengel! Hast noch Lust zum Lachen? Aber ich werde dir die Lust schon nehmen! Verdammtes Gesindel!«

Ihre Lederpeitsche zischte wie eine Schlange durch die Luft, krümmte sich, schlängelte sich und schlug auf Ludwigs Gesicht.

»Es tut weh!«

»Was machen Sie mit meinem Sohn? Mein Gott! Er blutet ja! Abscheuliches Frauenzimmer! Getrauen Sie es sich nicht noch einmal!«

Kellermann kam näher.

»Sehr geehrte Genossin! Es ist ja überhaupt nichts geschehen. Nur ein Missverständnis. Einfach nur ein Missverständnis. Sie müssen sie verstehen, sie ist die Mutter.«

»Und du der Vater?«

»Nein, nein. Wir sind aus einem Dorf.«

»Ich könnte euch alle zu Tode prügeln! Komm, Kleiner, bring deinen Rucksack! Und du auch! Wie heißt du?«

»Kellermann.«

»Bitte tun Sie das nicht. Bitte! Nehmen Sie sie nicht mit.«

»Wir werden sie verhören.«

Sie blickte mit ihren dunklen Augen mürrisch auf Ludwig.

»Bitte! Ludwig ist ja noch ein Kind.«

»Kellermann! Bring deinen Rucksack!«

Ludwig blickte flehend in das geliebte Gesicht seiner Mutter.

»Nicht weinen, Mama! Opa, Oma!«

Mama, Opa und Oma. Sie standen bei ihren Rucksäcken beisammen. Nur Mama rief ihm nach.

»Ludwig, mein Kind!«

So hat er sie, Mama, Oma und Opa, zum letzten Male gesehen.

»Nicht umdrehen, Kleiner!« sagte die Partisanin barsch. »Nicht umdrehen!«

»Ich will nur«...

»Du willst nichts! Verstanden, Kleiner?«

Ludwig blieb oft stehen. Die Leute zogen ohne Unterlass an ihm vorbei. Junge Frauen mit ihren Kindern, alte Leute, manche schon sehr gebrechlich. Langsam. Es wurde kaum gesprochen. Nur die Füße bewegten sich.

»Was machst denn du hier?« fragte ein älterer Mann. Dick war er, klein war er, er trug einen schwarzen Anzug und eine blaue Schusterschürze.

»Ich warte auf meine Mama.«

»Auf deine Mutter?«

»Aber die Leute hier sind alle fremd. Die Partisanen dort in der Kaserne sagten, sie werden Mama, Oma und Opa mir nachschicken.«

»Das haben sie gesagt? Das sind ja alle Lügner!«

»Aus welchem Dorf seid ihr?«

»Aus Birkenhausen.«

»Aus Birkenhausen? Da gibt's Leute aus aller Welt, aber Birkenhausen habe ich noch nicht gehört. Komm, halte mit uns. Ich bin Onkel Ferdinand, und diese alte Frau hier zu meiner Seite ist Tante Resi, meine Frau.«

Tante Resi war auch untersetzt. Sie lächelte Ludwig herzlich zu, ihre Brille glänzte im Sonnenschein.

»Wie heißt du?«

»Ludwig Wagner.«

»Wir heißen Mayer. Kommst mit uns?«

»Kann ich, darf ich?«

»Bestimmt kannst du.«

Der Frühlingsnachmittag trug im Westen sanfte Farben auf den Himmel, als man Großdorf erreichte. Müde Schritte, schwere Schritte, Humpeln, Seufzen, Hatschen, Hinken. Auf dem Pflaster sah man immer Partisanen, Partisanen mit Spürhunden.

»Onkel Ferdinand!«

»Bist müde, mein Junge?«

»Ist es nicht seltsam, Onkel Ferdinand, dass auf den Höfen keine Hühner zu sehen sind? Auch keine Gänse, keine Enten? Auch keine Hunde.«

»Hörst du das, Resi, hörst was unser Ludwig bemerkt hat? Weißt du, das war schon immer ein deutsches Dorf. Aus diesem Dorf haben sie die Leute schon früher weggeschafft.«

Auf dem geräumigen Platz vor der Kirche wimmelte es von Leuten; hoffnungslose Blicke, verzweifelte Gesichter, verbittertes Weinen der Kinder. Vor dem Haupteingang der Kirche zimmerte man aus Balken und Brettern ein Gerüst.

»Ist meine Mama nicht hier?«

»Die wird schon! Guck mal, Ludwig, dort kommt so ein hohes Tier auf das Gerüst. Oh Mann!«

»Onkel Ferdinand, ist das ein Offizier?«

»Na klar! Ein hohes Tier!«

Die Leute schauten gespannt auf das Gerüst. Der Offizier stand eine Weile still dort oben und guckte zu den Leuten hinab. Dann begann er mit tiefer Stimme.

»Ich bin Kukan der Kommandant. Es wird euch nicht schaden, wenn ihr euch diesen Namen merkt. Also Kukan. So. Und dass ihr wisst, dass ich nicht zimperlich bin. Nach dem Erlass von AVNOJ seid ihr von heute an vogelfrei. Euer Haus und Hof haben wir in Beschlag genommen. Wenn wir wollen, zerdrücken wir euch wie einen Mistkäfer. Ihr seid jetzt in Großdorf. Für euch ist es ein Lagerdorf. Wir haben das Dorf mit Wachmannschaften und Hunden umzingelt. Maschinengewehre. Ich warne euch! Macht mir keine Dummheiten! Unsere Geheimpolizei wird euch auch in Fünfkirchen finden. Sie wird es, und Gott sei euch gnädig! Wir schnappen euch!«

Tausende standen auf dem Dreifaltigkeitsplatz. Fremde Leute, die meisten hatten sich nie getroffen, die meisten hatten noch kein einziges Wort miteinander geredet, und jetzt, während sie die raue Stimme vom Gerüst her hörten, erwachte in ihrer gequälten Seele ein Gefühl, das Gefühl der Zusammengehörigkeit.

Sie standen dort mit dem Rucksack auf dem Rücken, alte Leute setzten sich auf den Rucksack. Im Rucksack war alles, was sie noch hatten, auch die Träume ihrer Ahnen, die Träume aus dem 18. Jahrhundert, die Träume aus der alten Heimat, es waren Träume, die am Rhein, an der Donau, im Schwarzwald geträumt wurden. Dort erreichte die deutschen Bauern und Handwerker die Mär vom Land der Ungarn, vom Land der unbegrenzten Möglichkeiten. Man erträumte sich Haus und Hof dort im weiten Osten. Tausende machten sich auf den weiten Weg in die erträumte Welt. Bauern,

Handwerker, Winzer. Nebst ihren Habseligkeiten brachten sie Fleiß, Tüchtigkeit und Sparsamkeit in ihre neue Heimat mit. Nach schweren Jahren entstanden entlang der Donau deutsche Dörfer, die deutschen Siedler machten die von den Türken verwüsteten Ländereien wieder urbar. Und Freude und Leid gesellten sich zu den Bauernhöfen, Freude und Leid der Generationen.

»Soviel ist uns noch geblieben, was wir da im Rucksack haben!«

»Ferdinand, bitte!« blickte Tante Resi flehend zu Onkel Ferdinand.

»Nicht so sauer! Es wird sich schon alles klären.«

»Das meinst du?«

»Ferdinand, bitte! Wie haben wir uns noch daheim versprochen? Du hast doch noch gestern gesagt: Durchhalten, am Leben bleiben!«

»Wir haben keine Lust, mit euch herumzufummeln. Verstanden? Man hat euch ganz und gar an uns ausgeliefert. Nach euch fragt niemand mehr. Weder in Russland noch in Amerika. Also jetzt zieht ihr entlang der längsten Gasse. Unsere Soldaten werden euch in den Häusern unterbringen. Manche kommen in die großen Zimmer der reichen Schwaben, andere in den Schweinestall. Hier muss alles belegt werden, weil morgen wieder Tausende kommen. Und nicht jammern, das Lamentieren hilft nicht.«

Die Partisaninnen zählten die Leute.

»Brze, brze (Schneller)!«

»He Baba!« sagte die Blondine, als Tante Resi zu Onkel Ferdinand wollte. »Zurück, Baba!«

»Nein! Nein, nein.«

»Doch!« lächelte die Partisanin.

»Mein Mann. Ferdinand ist mein Mann!«

»Nix Mann! Der Dečko (der Junge) kann durch, aber du nicht!«

Die Schwarze rief auch schon wieder.

»Dalje, dalje (Weiter)!«

»Du Baba, kommst ins andere Haus, wo sind Baba und Mädchen.«

»Geh nicht, Ferdinand, bleibt bei mir!«

»Ich hab auch keinen Mann, Baba.«

»Geh nur, Resi. Brauchst doch keine Angst zu haben.«

»Du Ferdinand und Bub in das Haus hinein.«

Ludwig blieb überrascht in der Tür stehen. Ein großer Raum ohne Möbel, nur Stroh auf dem Boden und Leute auf dem Stroh. Männer.

»Onkel Ferdinand!«

»Ist schon gut. Guten Tag, Leute! Der Partisan vor der Tür schickte uns herein. Wir sollen uns hier zwei Plätze suchen.«

Die Männer blickten zur Tür.

»Woher kommt ihr denn?« fragte ein älterer Mann.

»Ich komme aus Bergen und der Junge hier aus Birkenhausen.«

»Ihr Enkel?«

»Nein, nein.«

»Setzt euch aber!« sagte ein Stämmiger mit harter Stimme. »Heute hatten wir alle einen schweren Tag.« Er ging zu Onkel Ferdinand, reichte ihm die Hand. »Fuchs, Georg Fuchs.«

»Freut mich, ich heiße Ferdinand und der Junge Ludwig.«

»Dort in der Ecke gibt's noch zwei freie Plätze.«

»Danke, sehr lieb. Komm, Ludwig.«

»Ich bin Faber aus der Kreisstadt«, meinte der Mann mit schwarzem Hut und einer schwarzen Brille. »Ich hatte einen Laden neben dem Warenhaus. Fahrräder. Fahrräder aus Deutschland und Österreich. Auch Steyer-Fahrräder.«

»Gut, gut«, richtete sich ein kräftiger Bauersmann auf dem Stroh auf. »Ich bin der Fuhrmann. Zu Hause im Dorf hatte ich den Beinamen Winzi. Die Fahrräder können wir jetzt vergessen! Wer denkt jetzt noch an Steyer-Fahrräder?«

»Komm, Ludwig, bequeme Plätze. Was sagte uns der Partisan dort vor der Kirche?«

»Etwas von einer Urlaubsreise.«

»Wir sollen uns nicht vorgaukeln, dass wir eine Urlaubsreise machen. Genau das hat er gesagt.«

Von draußen hörte man die harten Schritte des Partisanen.

»Dummköpfe waren wir schon alle, die jetzt in den Lagern der Partisanen stecken. Schafsköpfe! Blödiane!«

»Ich will Sie nicht aufhetzen, aber das sagte auch ich schon immer. Wir sind ganz schön auf die

Serben reingefallen.«

Es wurde wieder still im Raum. Als gingen die Gedanken der Männer auf die Reise. Der Partisan blieb ab und zu stehen, guckte durch's Fenster.

»Hoffen wir, hoffen wir!« meinte dann Herr Faber.

Onkel Ferdinand pustete vor sich hin. Ludwig holte seine leichte Decke aus dem Rucksack. Der Rucksack wurde zum Kissen.

»Mein Nachbar, der Radivoj, hatschte fast jeden Tag zu uns herüber. Besonders, als der deutsche Güterzug zwei Tage auf dem Bahnhof stand. Ihr wisst ja, die Front näherte sich rasch der Donau, ab und zu schepperte auch schon ein russisches Rata-Flugzeug dahin. Flüchtlingsströme auf den Landstraßen.«

»Ja, ja. Schon im September. Die Schwaben aus dem Banat.«

»Auf unserem Bahnhof hatte man zwanzig leere Waggons. Einen wunderbaren Herbst hatten wir schon. 1944. Wunderbar! Wer wollte denn alles lassen und in die Fremde ziehen?« sinnierte Ferdinand. »Also kam eines abends wieder mein serbischer Nachbar. Es war schon spät. In der Küche setzten wir uns an den Tisch. Eine Flasche Rotwein, frische Brezeln.

'Sei mir nicht böse, Ferdinand!' sagte er zu mir. 'Es ist schon spät, aber ich will dich doch noch sprechen.'

'Hat nichts zu sagen. Die anderen schlafen

schon. Wir hatten wieder einen schweren Tag. Raus mit der Sprache, Nachbar!'

'Ferdinand, macht nicht mit, bleibt hier! Morgen dampft der deutsche Zug mit den Flüchtlingen Richtung Deutschland ab. Wir stehen zu euch, Ferdinand. Dein Sohn, der Seppi, ist bei den Ungarn, übrigens warst du kein Volksbündler.'«

Ludwig hörte die Worte, als kämen sie weit aus der Ferne.

»Volksbündler?« sagte Fuhrmann gereizt. »Da geht's ja schon lange nicht um Volksbund, Kulturbund und desgleichen. Volksbündler? Mein Gott! Im Herbst war der Weg nach Deutschland noch frei und wir Klotzköpfe bleiben hier sitzen! Warten auf das große Wunder! Wo sind jetzt deine Serben? Jetzt haben sie gerade keine Zeit, weil sie sich über unsere Häuser, über Kühe, Schweine, Gänze, Hühner und unsere Pferde hergemacht haben.«

»Hören Sie doch auf, Fuhrmann!« sagte Herr Faber in klagendem Ton.

»Ein Alptraum! Diese Leute in unseren Häusern! Nein, nein!«

»Sollten wir nicht essen? Sonst müssen wir im Finstern herumtappen.«

»He Ludwig! Abendessen! Wach auf, mein Junge!«

»Ich esse nicht.«

»Das geht nicht, Junge! Du hast den ganzen Tag nichts gegessen.«

»Ich kann nicht, Onkel Ferdinand, mein Essen

hat Mama in ihrem Rucksack.«

»Oh Mann, oh Mann! Wir sind doch Freunde, Ludwig! Oder nicht?«

»Onkel Ferdinand ist ein sehr guter und lieber Mensch!«

»Na siehst du, das klingt schon ganz anders! So. Jetzt wollen wir mal sehen, was mein Weiwel uns in meinem schweren Rucksack verstaute. Guck mal! Brot, Wurst, Speck, Kuchen. Jetzt essen wir uns satt, weil morgen werden wir schon vom Staat mit köstlicher Speise versorgt.«

»Ludwig!« rief eine tiefe Männerstimme. »Komm, meine Frau hat mir auch eine Menge mitgegeben.«

»Danke!«

»Wie alt bist du denn?«

»Fünfzehn.«

»Schön.«

Später, als die Männer mit ihrem Abendessen beschäftigt waren, kam ein Partisan in den Raum. Langes Haar bis zur Schulter, Maschinenpistole in der Hand. Er schaute den Leuten zu, die Hand an der Maschinenpistole.

»Guten Appetit!« sagte er dann deutsch.

»Danke! Komm, iss mit uns!«

»Ich Soldat, ist verboten. Frauen nicht hier?«

»Im nächsten Haus.«

»Dann gut! Ihr jetzt essen, dann schlafen. Ist verstanden?«

»Bekommen wir keine Decken?« fragte Fuhrmann.

»Decken? Was du meinst?«

»Roßdecken. Unlängst traf ich einen Freund.«

»Gut, gut, du nur sagen!«

»Der war in französischer Gefangenschaft. Dort hatte jeder eine Lagerstätte, mit Decken und Kissen.«

»Du lustiger Mann! Warum du nicht in Frankreich? Hier hast du nur Stroh. Essen alle, es wird bald finster und nix Lampe und morgen ist auf um vier Uhr! Um halb fünf ist fino Frühstück ohne Rakija. Einbrennsuppe. Und das Appetit auf dem Kukuruzfeldern. Jeder bringt seine Schüssel mit Löffel. Sonst bleibt alles hier im Rucksack.«

»Messer und Gabel?« fragte Onkel Ferdinand.

»Nix Messer, nix Gabel. Nur Löffel!«

»Messer ist verboten! Für euch alles verboten! Auch Gabel!«

»Moment! Du kannst auch Serbisch oder Kroatisch mit uns sprechen.«

»Sehr gut! Bei uns in Crna Gora hat man uns gesagt, die Schwaben sprechen nur deutsch.«

»Deutsch, ungarisch und serbisch«, sagte ein kleiner, dünner Mann sauer.

»Eine Überraschung für mich. Noch eine Bemerkung: Wenn jemand nachts hinaus muss, wird unser Soldat mitgehen.«

»Wohin?«

»Auf's Klosett. Das Öffnen des Fensters ist verboten.«

Es dämmerte noch kaum, als es draußen auf

der Gasse laut wurde. Bald klopfte ein Partisan ans Fenster.

»Ustani, ustani! Napolje! (Auf und raus!)«

Die Männer klopften sich das Stroh von den Kleidern, suchten ihr Schüsselchen und den Löffel, legten den zugebundenen Rucksack zum Kopfende aufs Stroh und gingen langsam hinaus auf dem Hof.

Vor der Kirche standen über zwanzig Kochkessel. Die Leute stellten sich mit ihren Schüsseln und Löffeln an. Schüssel und Löffel in der Hand. Rauch. Vor jedem Kessel stand eine Frau mit einem großen Schöpflöffel. Das Frühstück. Das erste Frühstück im Lager. Ein Schöpflöffel voll Einbrennsuppe. Eine dünne Scheibe Maisbrot dazu. Am Platz trieben die Partisanen Hunderte von Lagerleuten vorbei. Alte Leute, Kinder, Frauen und Männer. Müde zogen sie weiter.

»Guten Tag, Landsleute! Wo kommt ihr her?«

»Aus der Batschka.«

»Opa!« kam eine junge Frau zu Onkel Ferdinand. Langer, breiter, roter Rock, kleines Kopftuch.

»Gibt's hier jemanden aus Birkenhausen?«

»Birkenhausen, liebe Frau? Der Junge hier. Komm, Ludwig! Das ist Ludwig Wagner. Vielleicht suchen sie gerade ihn.«

»So ein Zufall! Deine Mutter lässt dich grüßen.«

»Meine Mama?«

»Nicht weinen. Post ist für uns verboten. Ab

38

und zu gelingt es aber, einen Gruß auf diese Weise zu übermitteln. Man hat uns an ihnen vorbeigetrieben. Deine Mama ist in der Kreisstadt. Sie arbeiten auf dem Hauptbahnhof. Aus Ungarn kommen jeden Tag zwei Kohlenzüge. Die laden sie aus.« Sie winkte noch...

Ludwig saß auf der Erde mit seinem Schüsselchen auf dem Schoß. Hie und da rührte er mit dem Löffel die heiße Brühe, in Gedanken fühlte er sich aber in der Nähe der Mama, er fühlte ihr Gesicht, er hörte wieder ihre warme Stimme, auf seinem Gesicht fühlte er das Streicheln ihrer Hand.

Dicker Staub lag auf der Landstraße. Dicker, kalter Staub. Am Wegrand die frische Nässe der Gräser. Man trieb sie schon bei Morgengrauen aus dem Lager. Ab und zu peitschten die bissigen Rufe der Partisanen durch die Reihen.

»Nemoj spavat! (Nicht schlafen!)«

Sie schliefen nicht. Still schritten sie. Schritt um Schritt. Auf dem Fahrweg hinkten, humpelten und latschten Hunderte in der kalten Morgendämmerung. Nur schön langsam. Es wurde kaum gesprochen. Nur das dumpfe Geräusch der schweren Schritte. Man hatte keine Lust zum Sprechen. Man bewegte nur die Beine.

»Dalje, dalje! (Weiter!)«

Nur das Poltern der Schritte. Alles nass, alles kalt.

»Nicht weinen. Siehst ja, alle müssen zu Fuß gehen.«

»Mami!«

»Komm nur schön. Immer weiter, mein Kind.«

»Wohin, Mami?«

»Nur weiter, mein Kleines.«

Auf den Kukuruzfeldern tropfte es nass von den Kukuruzstängeln. Die Leute stellten sich an.

»War auch noch nicht.«

»Was denn?«

»Kukuruzbrechen im Frühjahr.«

»Im Herbst hatte man die Front im Haus.«

Bald raschelte und rappelte es auf den Kukuruzfeldern. Aufgescheuchte Krähen flatterten schwarz in die Höhe, mit der Zeit leuchtete das Gelb der Maishaufen auf den Feldern. Die Partisanen wärmten sich am Lagerfeuer. Sie tollten herum, rauchten ihre Zigaretten, und der warme Rauch zog über die Felder.

Später zogen warme Frühlingsdüfte über die Landschaft. Käfer sonnten sich, das zarte Grün der Gräser deutete auf das Kommen des Frühlings, und die Leute machte es froh, dass sie's schön warm in der Sonne hatten. Der Rauch stieg über die Felder und erinnerte an milde Tage daheim im Garten, an das Verbrennen des Unkrauts, und der bekannte Geruch des Rauches erinnerte an Zuhause, an Haus und Hof. Die Sonne schien immer wärmer. Die nassen Felder dunsteten in der Wärme.

»Radi, radi! (Arbeite!)« rief ein Partisan vom Ende des Maisfeldes. Die Sonne schien immer wärmer. Die Maisstängel raschelten, und die Partisanen schossen den Krähen nach. Wolkenloser Himmel, hellblau schimmerte es über der Landschaft. Hie und da holperte ein Pferdewagen auf dem Fahrweg vorbei.

»Hat da noch jemand eine Uhr?« fragte ein älterer Mann. Grauer Vollbart, kleine Augen.

»Die Uhren haben sie uns doch abgenommen.«

»Mittag wird nicht mehr weit sein.«

»Die haben vergessen, dass wir hier auf den Kukuruzfeldern arbeiten.«

»Opa ist schon gespannt!«

»Natürlich bin ich gespannt! Nach der Kraftbrühe am Morgen.«

»Onkel Ferdinand, sie kommen!« rannte Ludwig vom Fahrweg herbei. »Pferdewagen auf dem Fahrweg. Drei Wagen! Hab ich recht?«

»Das ist eine frohe Botschaft, mein Junge! Leute, das Mittagessen ist schon in Sichtweite! Drei Wagen! Da muss auch etwas auf den Wagen sein!«

Die Wagen blieben bei dem Maulbeerbaum stehen. Die Partisanen eilten zum dritten Wagen. Dieser Wagen brachte das Mittagessen für das Wachpersonal. Zwei Schüsse knallten.

»Napolje! Napolje! (Raus, raus!)«

»Komm, Ludwig, sonst bleibt uns nichts. Da muss man flink sein wie ein Wiesel. Komm, komm!

41

Karl, was haben sie in diesen Kesseln? Kartoffeln?«

»Mensch! Nur Bohnen! Eine leichte Bohnensuppe.«

Auf jedem Wagen stand eine Frau mit einem großen Schöpflöffel in der Hand.

»Anstellen!« rief die eine mit knarrender Stimme. Wer essen will, muss sich anstellen! Mir seid ihr alle gleich! Extrawurst gibt's bei uns nicht!«

»Guck mal, Ludwig! Bohnensuppe ohne Bohnen! Hast du Bohnen in deiner Suppe?«

»Nein.«

»Ich habe meine Suppe mit dem Löffel umgerührt. Keine einzige Bohne!«

»Na Ferdinand!« kam Fuhrmann näher. »Prima, die Wurst, was!«

»Wurst?«

»Oder hast du Selchfleisch in deiner Suppe?«

»Warmes Wasser!«

»Altes Schwein!« trat ein Partisan zu Onkel Ferdinand, »warmes Wasser hast du gesagt? Mehr habt ihr auch nicht verdient!«

Er riss die Schüssel aus Onkels Hand und warf sie weit weg auf den Fahrweg.

»Heute wirst du nichts mehr essen! Und dass ihr es nicht vergesst, morgen werdet ihr wieder die Bohnensuppe essen und auch übermorgen. Und ich verspreche es, dass ihr bis an euren elenden Tod nur noch Bohnensuppe fressen werdet! Frühstück Einbrennsuppe, zu Mittag Bohnensuppe. Bis euch der Teufel holt! Und du alter Scheißkerl, nimm dich in acht!«

Das Gelb der Maishaufen leuchtete immer mehr. Allmählich verdrängte dann der herannahende Abend die milde Frühlingswärme. Bald musste alles auf den Fahrweg hinaus. Hinaus auf die Wege, auf die endlosen Wege. Man hatte diesen Leuten alles genommen, ihre Äcker, die Wiesen, Weingärten, auch ihr Vieh, alles hatte man ihnen genommen, nur die Wege nicht. Die endlosen Wege, die staubigen, die schlammigen Wege. Sie ahnten es noch lange nicht, dass sie diese Wege nie mehr loswerden würden, dass diese Wege durch schwere Sommerhitze führen, auch kalte Herbsttage würden sie auf diesen Wegen begleiten. Es wird schneien, regnen wird's auf diesen Wegen, und die Leute werden auf diesen Wegen ziehen, mit der Zeit auch schon barfüßig, in ihre Klamotten gehüllt werden sie weiterziehen. Schritt für Schritt, von einem Lager ins andere. Die Gepeinigten, Zermürbten, die Gequälten, Gedemütigten und die Erniedrigten. In zerlumpte Tücher gehüllte Frauen, Männer in ihren verlausten Lumpen, mit der Wärme des kurzen Schlafes in der Seele. Sie werden kaum noch sprechen, ab und zu werden die bissigen Rufe der Partisanen peitschen. »Nemoj spavat! (Nicht schlafen!)« Sie werden nicht schlafen. Still werden sie weitergehen. Von Schritt zu Schritt. Das Wohin und Warum wird sie schon lange nicht mehr interessieren. Nur Schritt für Schritt. Langsam. Hunderte und Tausende werden auf den Wegen ziehen, bis sie in den Massengräbern der Lager zur Ruhe kommen.

43

Ab und zu hörte man Hundegebell und Geheul.

»Unsere Hunde!« meinte Onkel Ferdinand aus seiner Ecke. »Nach einigen Tagen haben sie sie schon alle niedergeknallt.«

Es wurde wieder still im Raum. Ab und zu ging ein Partisan auf dem Gang vorüber.

»Das war also unser erster Tag im Lager. Mein Gott! Ich kann's noch immer nicht glauben, dass man uns nur so ins Lager steckt.«

»Leute, ich werde mich jetzt endlich hinhauen!« sagte Fuhrmann.

»Schläfrig?«

»Na klar! Ich habe schon immer gern geschlafen. Übrigens ist mir nur noch der Schlaf geblieben. Alles ist weg, nur der Schlaf! Im Schlaf bin ich mit meinen Träumen und Erinnerungen allein. Die Nacht ist noch unser. Wer weiß, was morgen auf uns zukommt. Gute Nacht, Freunde! Ich wünsch euch allen einen süßen Traum!«

Allmählich wurde es still im Raum. Manche zuckten noch, als wären sie in einen tiefen Graben gefallen, seufzten, dann machten sie sich auf die weite Reise der Träume.

Fuhrmann kam kein Schlaf mehr in die Augen. Später rasselten zwei Pferdewagen auf der Landstraße vorbei. Dann hörte er auch dahineilende Schritte von der Gasse.

»Leute!« sagte er mit gedämpfter Stimme,

»wacht auf, draußen ist was los!«

»Meinst du?«

Ludwig rückte noch näher zum Onkel.

»Was ist passiert?«

»Warum lasst ihr mich nicht ruhen? Reißt mich aus meinem ersten Schlaf!«

»Nicht so laut, unser Partisan steht draußen auf dem Gang!«

»Und darum hast du uns geweckt?« fragte auch Onkel Ferdinand brummig.

»Die Deutschen kommen!«

»So ein Quatsch! Blöd ist das!«

»Aber nein! Die Partisanen rennen auf der Gasse vorbei und rufen einander zu, dass die Deutschen kommen.«

»Mensch, die Deutschen sind schon über alle Berge!«

»Das kann nicht sein!«

»Ludwig, wach auf! Die Deutschen kommen!«

»Hört mal, Leute!« stellte sich Fuhrmann auf seinem Strohlager auf, »unsere letzte Chance, dass wir aus dieser Hölle rauskommen!«

»Leute, mir ist«, sagte Faber mit heiserer Stimme, »unser lieber Freund, den wir alle schätzen, also unser Karl hatte halt einen Traum.«

»Einen Wunschtraum hatte er.«

»Na ja! Ein Wunschtraum!«

»Seid doch nicht so dämlich! Die Deutschen holen uns raus!«

Der Partisan blieb vor dem Fenster stehen. Mit seinem Gewehrkolben zertrümmerte er die letzte

Fensterscheibe.

»Ruhe! Ich sage dir Ruhe, sonst ich schießen! Alle schießen ich!«

Stille.

»Kann ich was fragen?« sagte Fuhrmann still.

»Was du willst fragen?«

»Was passiert draußen auf der Gasse?«

»Dir nix! Razumes? (Verstehst?)«

Nach einer Weile kam er wieder ans Fenster.

»Alles legen auf Stroh und schlafen! Ich schieße, wenn alle nicht schlafen! Ruhe! Mistfaschisten alle!«

Schläfrig waren sie nicht mehr. Sie lagen auf dem Stroh. Dann wurde es wieder laut auf der Gasse. Bald kamen Partisanen auf den Hof. Geschrei, Schimpfereien, deftige Flüche. In den finsteren Raum kamen sie mit Sturmlampen.

Zwei blieben in der Tür stehen, der dritte, hager, dünn, leuchtete mit seiner Lampe allen ins Gesicht.

»Fehlt jemand?« Er hatte eine matte Stimme.

»Nein.«

»Das Lager wird evakuiert. Alles in den Rucksack und hinaus auf die Gasse. Jetzt gleich! Los, los!«

»Herr Kommandant, wir sehen nichts in dieser Finsternis.«

»Herumtasten und raus! Und rasch, sonst machen wir euch Beine! Verstanden? So ein Gesindel!«

Auf dem Hof und auf der Gasse war nur noch ein dunkles Durcheinander. Weit im Süden leuchteten ab und zu Leuchtraketen am finsteren Himmel.

»Halt mal!« rief Fuhrmann. »Hört ihr das Artilleriefeuer aus der Ferne?« Rummel und Wirbel. Dann schepperten Pferdewagen vorbei.

»Komm, Ludwig, sonst können wir uns noch dicke Prügel einholen, wenn uns so ein Wüstling hier trifft. Da hast's! Da kommt auch schon einer!«

»Napolje, deda! (Raus, Großvater!)«

»Idemo već. (Wir gehen schon.)«

»Kako se zoveš, deda? (Wie heißt du, Großvater?)«

»Ferdinand.«

»Habsburg Ferdinand.«

»Mayer Ferdinand.«

»Dobro, dobro. Also nicht Habsburg Ferdinand, nur Mayer Ferdinand. Ist gut!« Onkel Ferdinand fasste Ludwig an der Hand.

»Siehst Junge, das war ein gebildeter Partisan. Jetzt müssen wir uns aber beeilen, vielleicht sucht schon unsere Tante nach uns. Die kommt überall durch. Vielleicht wartet auch schon Onkel Fuhrmann auf uns.«

Mensch an Mensch auf der dunklen Gasse. Frauen, Kinder, alte Leute. Sie tappten herum. Dunkle Nacht, weit im Süden stiegen wieder Leuchtraketen zum Himmel.

Sie zogen auch an der Kirche vorbei. Dort hatte man noch das Gerüst aus Balken und Brettern vor dem Haupteingang, nur Kukan stand nicht auf dem Gerüst. Die Häuser von Großdorf blieben im Dunkel der Nacht zurück. Leer und verlassen. Nur die Qual, Angst und Hoffnungslosigkeit der Lagerleute geisterten umher.

Und es ging langsam auf der holprigen, harten Landstraße weiter. Selten redete jemand, man ging nur, Schritt für Schritt, mitten in der Nacht, in der finsteren, kalten Nacht. Was sollten sie auch sagen? Säuglinge weinten bitter, alte Leute versuchten Schritt zu halten. Hunderte, Tausende zogen durch die Nacht. Vom Wegrand hörte man die üblichen Flüche der Partisanen, dann erblickte man in der Ferne das Gelb der Straßenbeleuchtung eines serbischen Dorfes.

»Jetzt geht's durch das erste Dorf«, meinte Onkel Ferdinand und blieb stehen, um sich den Schweiß vom Gesicht zu wischen.

»Rein serbisch. Kamenka.«

»Geht's Opa?« reichte Fuhrmann einem dünnen, alten Mann seine kräftige Hand. »Langsam, nur langsam, Opa. Ich helfe schon.«

»Sehr lieb, sehr lieb, mein Sohn.«

»Ihren Stock in die andere Hand! Legen Sie Ihre freie Hand auf meine Schulter. Geht's Opa? So. Und jetzt humpeln wir halt so weiter. Wie alt sind Sie denn?«

»Fünfundachtzig.«

»So alt werden wir nie! Besonders, wenn ich an Titos Bohnensuppe denke!«

Man hörte wieder nur die Schritte, den Lärm

der Schritte. Still zog der Zug der Lagerleute durch das serbische Dorf. Katzen huschten an den Zäunen vorbei, Hunde bellten den Leuten nach, und der lange Zug zog still durchs Dorf. Hie und da fiel gelbes Licht zum Fenster hinaus. In immer mehr Wohnungen wurde Licht gemacht.

»Mein Gott!« blickte Onkel Ferdinand zu den Fenstern hinüber.

»Wie die uns nachgaffen!«

»Nur schön ruhig, Ferdinand!«

Dann fiel eine grelle Frauenstimme aus einem Fenster, wie ein schwerer Stein. »Faschisten! Faschistisches Gesindel!«

Die Leute gingen müde und abgehetzt weiter. Dann hörte man wieder die Stimme der Frau.

»Ihr seid Partisanen? Eine Schande! Schlappschwänze seid ihr und keine Partisanen! Warum erschlagt ihr die verdammten Schwaben nicht?«

»Onkel Ferdinand!« meinte Ludwig. »Es wird hell.«

»Es ist auch Zeit, dass es wieder mal hell wird, mein Junge!«

Dann erschien im Osten ein heller Fleck am Himmel.

»Dalje, dalje! (Weiter!)«

»Nemoj spavat! (Nicht schlafen!)«

»Guckt euch die Armen dort am Wegrand an! Alte Männer und Frauen am Graben. Wie sie am Straßengraben sitzen!« Manche blickten den sich

Dahinschleppenden nach, mit Tränen in den Augen, schluchzend, andere senkten ihr Haupt und weinten still vor sich hin.

Gesehen, getroffen hat man diese Leute nie mehr. Nur die schrecklichen Erinnerungen sind in der Seele haften geblieben! Das Bild dieser Armen. Sie blickten den Weiterziehenden lange nach, als wollten sie Abschied, Abschied auf immer nehmen. Und der Zug zog weiter. Hunderte, Tausende zogen aus dem Sammellager auf dem staubigen Fahrweg dem Weinberg zu.

»Hast sie gesehen dort am Wegrand?«

»Lieber Gott!«

»Was erwartet auch uns noch?«

»Wir kommen noch alle an den Wegrand!«

Manche blickten noch zurück. Im Osten färbten die ersten Sonnenstrahlen den Himmel.

»Wo sind wir jetzt, Leute?«

»Onkel Ferdinand, Sie kennen sich doch aus!«

»Unser Ludwig ist hier unser Fremdenführer.«

»Der Weg führt nach Maria-Gnad.«

»Nach Maria-Gnad? Nein, das kann doch nicht wahr sein, Junge! Wir kommen doch jedes Jahr mit der Prozession nach Maria-Gnad, aber dieser Weg? An diesen Weg erinnere ich mich nicht!«

»Aus Birkenhausen kommen wir immer auf diesem Weg. Für uns ist es der kürzeste Weg. Jetzt geht's schon bergauf!«

»Das stimmt!« wischte sich Onkel Ferdinand mit seinem großen Taschentuch über's Gesicht.

Also meinst du, Ludwig, Maria-Gnad?«

»Bald kommen wir zu einem Quellbrunnen. Sehr gutes Wasser. Immer frisch und kalt, auch gesund. Quelle mit Bruchsteinpflaster.«

Die Partisanen wurden hin und wieder laut, die Leute gingen aber still, tief gerührt noch einmal zu Maria nach Maria-Gnad, zum Wallfahrtsort dort auf dem Berg. Seit 1923 kamen die deutschen Katholiken der Region nach Maria-Gnad. Im Juli, August und September führten die Prozessionen jedes Jahr auf den Berg zur Gottesmutter. Früher pilgerten die Leute auch aus dieser Gegend nach Marjud, als aber diese Region mit der neuen Grenze jugoslawisch wurde, wurde auf dem Weinberg Maria-Gnad zum neuen Wallfahrtsort. Über einem wundersamen Tal wurden ein Glockenturm und ein Altar errichtet. Nach einiger Zeit weihte der Bischof die Marienstatue.

Die Partisanen verstanden nicht, was sich vor ihren Augen abspielt. Junge Frauen, alte Weiber gingen des Weges und weinten still vor sich hin, Männer wischten sich die Tränen aus den Augen und beteten still. Ludwig betete für Mama, für Papa, Opa und Oma. Er erinnerte sich an die unvergesslichen Tage der Wallfahrt. Morgens, um vier, hatte sich die Prozession auf den Weg gemacht, Kirchenfahnen, an der Spitze der Prozession das Kreuz, feierliche Stimmung. Hinter der Prozession waren Pferdewagen gefahren, die die wichtigsten, die

nötigsten Utensilien mitbrachten. Und am Gnaden-
ort war das Eintreffen der Prozessionen eine Augenweide gewesen. Die Volkstrachten der verschie-
denen Gemeinden, die wunderschönen deutschen
Kirchenlieder, ans Herz rührende Blasmusik. Das
Hochamt mit der Predigt von Pater Honorius, einem
Franziskaner.

»Brze, brze! (Schneller!)« schrien die Partisanen
immer wieder.

Die Leute gingen aber ruhig weiter. Hatte doch
jeder und jede das Gebet in der Seele. Das Gebet, mit
dem man Abschied nahm von der Gottesmutter und
von Maria-Gnad. Abschied von der allerheiligsten
Mutter. Und als die Spitze des Zuges das Tal erreichte und die Leute Maria-Gnad erblickten, ertönte unerwartet eine klare innige Frauenstimme:

Mutter, muss dich nochmals grüßen,
Muss dich heute nochmals sehen,
Muss dein Kindlein nochmals küssen,
Dann will ich nach Hause gehen.

Gerne möchte' ich dir was geben,
Aber ach, was hab ich denn?
Blümlein nur kann ich dir geben,
Aber Blümlein zart und schön.

Als die Stimme, die wundersame Stimme
verklang, wurde es still, und in der Stille hörte man
die gebrechliche, schwache Stimme eines alten

Mannes:

Maria zu lieben ist allzeit mein Sinn.
In Freuden und Leiden ihr Diener ich bin.
Mein Herz, o Maria, brennt ewig zu dir.
In Liebe und Freude, o *himmlische Zier.*

Bald sangen alle mit. Bis zum Ende des Zuges. Weinende, betende Menschen. Die Partisanen eilten an den Menschen vorbei, fluchten, schrien, pfiffen, dann stellten sie sich auf eine Höhe und schossen hinab zum Gnadenbild. Mit Pistolen, Gewehren und Maschinenpistolen. Alle schossen sie auf das Weiß und Hellblau, auf die Marienstatue. Als die Statue zusammenfiel, wurde das Geschrei wieder laut.

»Dalje, dalje! (Weiter!)«

Der Zug setzte sich langsam in Bewegung.

»Jetzt geht's bald abwärts. Da unten das Dorf Berghof.«

»Ganz schön groß!«

»War auch ein rein deutsches Dorf, jetzt ein Lager.«

»Meinst du?«

»Bestimmt. Und nicht weit hinter dem Dorf verläuft die ungarische Grenze. Ganz in der Nähe. Wenn meine Frau mit uns wäre, wollten wir's versuchen.«

»Bald haben wir die Bergspitze erreicht. Wart

ihr schon in Berghof?«

»Berghof? Nein!«

»Tito sorgt dafür, dass seine Schwaben das Land kennenlernen. Ein Katzensprung, und ihr wart noch nicht in diesem schönen Dorf.«

»Mensch, bei uns sagte man immer, Berghof ist hinter dem Berg, und damit war's auch abgetan.«

»Guckt mal, guck mal, Ludwig, die kleinen Dörfer dort drüben sind schon in Ungarn.«

»Ungarn?«

»Jawohl. Bleibt mal still! Hört ihr das Geläute? Es kommt aus Ungarn.«

Der staubige Fahrweg führte zur Landstraße. Alte Maulbeerbäume. Hie und da schepperte ein Motorrad vorbei. Lastwagen. Partisanen.

»Meine Nachbarin, die Renate, erzählte mir immer von ihrem Heimatdorf, von Berghof. Wie schön es ist, wie groß es ist. Guck mal, Ferdinand, die breiten Gassen! Blumenbeete vor den Häusern, Fichten und Tannen. Sehr schön! Die großen Bauernhöfe!«

»Da wimmelt es nur so von Partisanen! Vielleicht wegen der ungarischen Grenze.«

»Das große Haus hier ist eine Essigfabrik.«

»Eine Essigfabrik, Ludwig? Nein, nein! Das kann doch nicht sein. Eine Fabrik in einem Dorf.«

»Doch, Onkel Ferdinand! Dort ist die Aufschrift.«

Die Einfahrtstore waren überall offen, auf der Landstraße marschierten Partisanen vorbei und sangen Kampflieder. Unerwartet erschien Kukan mit einigen Partisanen. Er ging an den Leuten vorbei.

»Herhören! Die Männer gehen alle auf das Gelände der Essigfabrik. Dort bekommt ihr eure Plätze. Die Frauen ziehen weiter. Los!«

Die Männer gingen auf den weiten Fabrikhof. Onkel Ferdinand, Onkel Karl und Ludwig mit den anderen. Wieder alles fremd, wieder alle Leute fremd. Hie und da hörte man ein Wort. Was sollten sie auch nur sagen?

»So groß, der Hof«, sagte dann Ludwig still.

»Wenn es schon eine Fabrik war, brauchte man auch einen großen Hof dazu. Hab ich recht, Ferdinand?«

»Bestimmt hast du recht, Onkel Fuhrmann.«

Keine Bäume auf dem Hof, keine Blumen, keine Rosen, nur die langen Gebäude mit engen Fenstern. Alles grau, alles trostlos.

»Wir sollten es vielleicht in diesem Gebäude versuchen. Das war das Wohnhaus. Die langen Scheunen sind nachts ganz schön luftig. Meint ihr nicht?«

»Na ja«, lächelte Fuhrmann. »Wenn ich an mein Bettzeug denke.«

Sie kamen in einen kleinen Raum.

»Grüß euch alle miteinander!« sagte Onkel Ferdinand. »Ich bin der Mayer Ferdinand, das ist der Fuhrmann Karl, und der Junge, der Ludwig, Ludwig Wagner. Können wir uns bei euch niederlassen?«

»Da müsst Ihr euch halt umschauen«, meinte eine kratzige Stimme. »Ich bin der Stockinger.«

»Ich heiße Reinhold.«

»Doktor«, sagte noch jemand.

»Also sind Sie Arzt.«

»Nein, nein. Doktor der Geisteswissenschaften.«

»Noch nie gehört«, meinte Fuhrmann dahinsinnend. »Herr Reinhold, hat das auch mit Geld etwas zu tun?«

»Geld? Wenn man Wissenschaftler ist?«

»Also sind Sie, Herr Reinhold, Wissenschaftler.«

»Ich studierte noch nach dem Ersten Weltkrieg in Budapest an der Universität. Als Vater starb, musste ich nach Hause auf unser Gut. An Stelle der Geisteswissenschaften musste ich mich mit der Wirtschaft beschäftigen. Meine Familie hatte über 1000 Joch an der Drau.«

»Mehr als 1000 Joch, sagen Sie? Lieber Gott! Wir hatten nur 10 Joch.«

»Und mussten Sie, Herr Reinhold, trotzdem ins Lager?«

»Trotzdem.«

»Kommt! Karl, auch du, Ludwig! Da in der Ecke machen wir uns ein Nest. Ich weiß nicht, aber da ist ja fast kein Stroh mehr! Schon ganz spreuig! Hier können auch Läuse dabei sein.«

»Das meinen Sie doch nicht ernst, Landsmann?«

»Doch. Ich machte schon im Ersten Weltkrieg meine Erfahrungen.«

»Was tun die Läuse, Onkel?«

»Hast noch keine Läuse gesehen, Ludwig?«

»Noch keine.«

»Sauglück hattest du!«

»Also, liebe Landsleute! Unser Schicksal müssen wir einfach hinnehmen. Ohne Murren und Heulen! Es gibt keinen anderen Ausweg! Vielleicht, vielleicht im Sommer.«

»Was meinen Sie?«

»Die Wahlen in England. Im Sommer wird in England das Parlament gewählt. Sollten die Konservativen als Sieger aus den Wahlen hervorgehen, gäbe es noch vielleicht eine Chance für uns.«

»Meinen Sie?«

»Gewiss!«

Gegen Abend war auf dem Gelände der Essigfabrik alles belegt. Das schlossartige Wohngebäude, die langen Werkhäuser, auch der große Pferdestall. Die Leute warteten auf dem weiten Hof auf das Abendessen. Alte Männer, auch rüstige Bauern, unrasiert standen sie herum, man suchte nach Bekannten, in Gedanken waren aber die meisten weit weg, daheim bei der Familie, sie dachten an Haus und Hof, an die Kinder, an die Frau. Hie und da war auch ein Junge zu sehen.

Beim Ziehbrunnen hat man den Zementtrog voll gelassen.

»Jetzt fehlen die Frauen, Opa!«

Der alte Mann bemühte sich beim Zementtrog. Kleiner Kopf mit kleinen wässrigen Augen. Grauer Schnurrbart.

»Hast schon recht, Nachbar. Wenn man halt alt ist, braucht man immer mehr Zeit. Weißt du, ich will mir Hemd und Gatya (Hose) waschen, bevor sich die anderen hier anstellen. Man weiß nie, was morgen mit uns passiert.«

»Soll ich helfen, Opa?«

»Nein, nein. Siehst doch, noch das Hemd und ich hab's auch schon geschafft. Weißt, man munkelt herum, wir müssen auch noch nach Sibirien. Sollte ich unterwegs sterben, man muss an alles denken, also sollte ich unterwegs sterben, habe ich reine Unterwäsche in meinem Rucksack.«

»Das stimmt, aber wo wollen Sie die nasse Wäsche trocknen?«

»Ich habe schon alles ausgeklügelt. Wenn wir unser Abendessen bekommen, hänge ich das nasse Zeug ins Fenster. Die Fensterscheiben sind schon alle kaputt, der Luftzug wird mir schon helfen! In der Nacht werde ich mich dann auf die feuchte Wäsche legen.«

»Sibirien soll Sie aber nicht beunruhigen!«

»Meinst du? Unser alter König, der Alexander, hätte seine Schwaben nicht hergegeben. Aber der neue! Wie heißt der neue König? Ich vergesse immer seinen Namen.«

»Wir haben ja keinen König, Opa. Nur einen

Präsidenten.«

»Das meinte ich ja. Wie heißt der Bursche?«

»Tito.«

»Stimmt. Der schickt uns bestimmt nach Sibiri-en, wenn er kein König ist.«

»Man soll die Hoffnung nicht aufgeben, Opa!«

»Wenn man halt so alt ist, denkt man immer mehr an die letzten Dinge. Und mein Körper ist es schon wert, dass er rein scheidet, rein aus dieser schmutzigen Welt. Ich war immer gesund, stark und kräftig.«

Es kamen immer mehr Leute auf den Hof. Man wartete auf das Abendessen.

»Hoffentlich brachten sie uns die Bohnensup-pe nicht nach!«

»Bohnensuppe war schon immer meine Leib-speis. Im Sommer im Schnitt.«

»Mit Schinken und Speck.«

»Vielleicht bringen sie uns jetzt ein normales Essen.«

Manche haben sich Hände und Gesicht beim Brunnen gewaschen. Die meisten standen nur her-um. Unendlich allein standen sie auf dem großen Hof mit Schüssel und Löffel in der Hand. Meistens alte Leute. Bauern und Handwerker. Hie und da sah man auch junge Leute.

»Vielleicht gibt's auch kein Abendessen.«

»Oder haben sie es einfach vergessen, dass es auch hier in der Essigfabrik Leute gibt?«

»Schön ruhig sein, sonst hören wir den Wagen nicht.«

»Kommt mal näher!« sagte dann Stockinger. »Ich habe ein sehr schönes Geheimnis.«

»Geheimnis? Was zum Kuckuck!«

Als man uns durch das serbische Dorf Kamenka trieb, im Durcheinander steckte mir eine serbische Frau ein Päckchen zu.«

»Oh Mann, oh Mann!«

»Ja, so ein Päckchen. Ich steckte es gleich in meinen Rucksack.«

»Und was hatte sie in das Päckchen gepackt?«

Sie starrten alle auf Stockinger, nur Ludwig horchte auf den Straßenlärm.

»Ein Brot.«

»Schön. Ein ganzes Brot?«

»Ja. Eine Wurst, eine Blutwurst und Krammel.«

»Und warum hast du uns das alles erzählt?« fragte Fuhrmann mit gedämpfter Stimme.

»Warum, warum? Wie kann man so dumm fragen? Wenn hier alles still wird, ziehen wir uns auf unser Zimmer zurück, wie es in den Romanen steht, und verteilen alles schön der Reihe nach.«

»Mensch, Stockinger! Können wir auch Stocki zu dir sagen?«

»Der Wagen ist da!« rannte Ludwig vom Tor zu ihnen.

Auf dem Wagen standen eine Frau von der Küche und ein Partisan.

»Anstellen!« rief die Frau und wischte den Schöpflöffel in ihre Schürze. »So, weiter, weiter. Die Schüsseln herhalten. So. Zack-zack!«

»Was bekommen wir denn?« fragte von weit

hinten eine Stimme.

»Was denn! Bohnensuppe! Sollte es vielleicht gefülltes Kraut sein?«

»Weiter, weiter!« sagte die Frau mit dem großen Schöpflöffel mürrisch.

»Die ihr Abendessen schon haben, setzen sich auf die Erde und essen!« schrie der Partisan.

Ein alter Mann mit Angst in den Augen kam zum Wagen. Als er sah, dass der Vordermann wirklich nur Bohnensuppe in seiner Schüssel hatte, schaute er zur Frau hinauf und sagte traurig:

»Danke, ich will keine Bohnensuppe.«

»Stell dich dort an den Zaun, Alter. Alter Scheißer!«

Als jeder an der Reihe war, standen schon zwölf Männer am Zaun. Alte, junge, auch Greise.

»Also zwölf Mann!« rief der Partisan. »Sehr schön! Euch schmeckt unsere Bohnensuppe nicht! Wunderbar! Gänseleber mit Rotwein! Damit ist für euch Schluss! Wir können es aber nicht übers Herz bringen, dass ihr uns da verhungert. Also werden wir euch an die Bohnensuppe gewöhnen. Wir brachten euch zwei Kessel voll. Ein Kessel ist leer. Der zweite nicht. Bringt mir den zweiten Kessel auf den Hof!«

»Na, Onkel Ferdinand! Was sagst du?«

»Nur schön ruhig! Immer nur ruhig!«

»Alle zwölf setzen sich um den Kessel. Schüssel ablegen! In der Hand bleibt nur der Löffel! So. Jetzt beugt euch über den Kessel! Los! Nichts bleibt im Kessel! Habt ihr verstanden?«

In der Hand hatte er eine Haselnussrute.

»Essen, essen! Den Löffel vollmachen! Voll, habe ich gesagt!«

Die Rute sauste durch die Luft und schlug den Löffel aus der schweren Hand. »Vollmachen, habe ich gesagt! Und schlucken! Auch du, Alter! Den Löffel vollmachen!«

Der alte Mann saß vor dem Kessel. In der zittrigen Hand hielt er den Löffel, er wollte sich bücken, um den Löffel in die Suppe zu tauchen, er hielt aber nur den Löffel, sein weißer Vollbart hatte schon rote Flecken, rote Paprikaflecken. Der Partisan näherte sich mit seiner Rute, der alte Mann lächelte nur verlegen.

»Ich zerschlage dein Gefrieß!«

Er hob die Hand mit der Rute.

»Tu es nicht, mein Sohn. Bitte! Schlage mich nicht! Warum tust du das?«

»Du fragst noch, altes Schwein?«

Die Rute sauste durch die Schauerstille. Immer heftiger. Man hörte nur die dumpfen Schläge und das bittere Weinen eines alten Mannes. Dann hörte auch das Weinen auf. Der alte Mann schluchzte auch nicht mehr, wimmerte nur noch leise. Er zuckte und fiel auf den Boden. In einer Hand hatte er seinen Löffel, mit der anderen langte er nach seiner Schüssel.

»Der liebe Gott stehe dir bei, Martin Hauser!« sagte jemand in der Stille.

»Schafft das Schwein aus dem Hof!«

Still war es im Raum. Man lag schlaflos auf dem Strohlager. Ab und zu hörte man ein Auto vorbeifahren, auch die harten Schritte der Wachsoldaten, später Ludwigs leise Stimme.

»Onkel Ferdinand!«

»Ja, Ludwig.«

»Warum müssen im Lager so viele sterben?«

»Denkst jetzt an Martin Vetter, mein Junge?«

»Ja.«

»Das tun wir alle.«

Herr Reinhold setzte sich auf.

»Beten wir für Martin Vetter. Wollen wir?«

»Wie sollen wir das tun?« fragte Stockinger.

»Ich werde vorbeten. Das Ave Maria werdet ihr dann mitbeten.«

Bald erklang das stille Gebet. Als auch das Amen in die Stille fiel, meinte Stockinger: »Mein Gott, als wären wir in der Kirche!«

»Begeben wir uns jetzt mit ruhigem Herzen zur Ruhe.«

Nach einer Weile rührte sich Stockinger.

»Bitte, nicht einschlafen. Ich will euch doch alle einladen.«

»Wohin sollen wir eingeladen werden?«

»Das Päckchen von der serbischen Frau. Ich habe es doch versprochen.«

»Das hast du!« rührte sich Onkel Ferdinand in der Ecke. »Aber gehört es sich denn jetzt?«

»Was meinst du?«

»Sollen wir jetzt reichlich speisen? Wir haben

doch eben das Amen am Ende unserer Andacht gesagt. Vielleicht morgen in der Früh.«

»Und wenn etwas während der Nacht passiert? Herr Reinhold, was meinen Sie?«

»Unser Landsmann hat recht. Man muss auch unsere besondere Lage in Betracht nehmen. Herr Fuhrmann hat schon recht.«

»Es ist ja nicht viel, aber einen Bissen, vielleicht auch mehr, können alle verkosten.«

»Ludwig! Auf, mein Junge!«

»Bitte, Onkel, noch ein bisschen! Dämmert es schon?«

»Noch nicht.«

»Müssen wir wieder in der Nacht weiter?«

»Nein, nein. Komm! Onkel Stockinger spielt Tischlein deck dich!«

»Oh Mann, oh Mann!« nahm sich Fuhrmann noch ein Schnittchen Wurst zu seinem Brot.

Es dämmerte noch kaum, als der Partisan in den Raum trat. Er hatte eine borstige Stimme.

»Ustani (Auf)! Brze! Napolje! (Schnell! Hinaus!) Nur Schüssel und Löffel. Wie lange wollt ihr noch herumfaulenzen? Es wird gleich vier Uhr!«

Sie legten noch ihre Decken zusammen, legten die Rucksäcke zum Kopfende.

»Jetzt geht auf den großen Platz! Dort vor dem Wirtshaus. Dort kriegt ihr euer Frühstück und die Arbeitseinteilung. Los! Los!«

Überall nur Leute auf der Gasse. Auf dem Pflaster, auf den Fahrwegen und auf der

Landstraße. Frauen, Männer, Kinder. Alte und junge Leute. Sie schleppten schon am frühen Morgen die Last des Tages dahin.

»16 Kessel. In 16 Kesseln kochen sie unser Frühstück!«

»Meinst du, Ludwig?« lächelte Herr Reinhold. »Wie auf einer Hochzeit! Meinst du nicht? Und Gäste gibt's auch genug dazu!«

»Einbrennsuppe! Ich wusste es gleich!« schaute Fuhrmann wild zu den Kesseln. »16 Kessel Einbrennsuppe!«

»Und Brot!«

»Eine dünne Scheibe Maisbrot!«

Vom Weinberg wehte der Wind kalte Nebel durch die Gegend. Die Leute saßen auf der kalten Erde. Sie saßen unter den Bäumen, am Straßengraben. Männer, Frauen, auch Kinder. Mit der Schüssel auf dem Schoß, mit dem Löffel in der Hand. Es wurde auch nicht mehr gesprochen, man saß nur auf der kalten Straße in der Morgendämmerung, mit gesenktem Haupt, als schämten sie sich. Wie Bettler kauerten sie. Das Erscheinen der Partisanen brachte Bewegung in das traurige Bild.

»So ein Pech! Ich wollte noch meine Resi suchen.«

»Nur schön ruhig, Opa! Es wird schon!«

Eine junge Partisanin kam zu ihnen. Der Stern leuchtete rot auf ihrer Kappe. »Kennt ihr das Dorf? Kennt ihr euch aus?«

»Ja!« sagte Stockinger.

»Die Schule?«

»Ja.«

»Bist du aus diesem Dorf?«

»Nein. Aus dem Nachbardorf.«

»Gud! Sehr gud. Dort ihr findet eine Maisscheune. Gud? Der Lehrer war auch Schwabe. Er
hatte Weingarten, Wein und Feld. Alles. Auch viel
Kukuruz. Gud? Er ist in Ungarn, Kukuruz ist hier.
Gud? Der Knabe geht nicht!«

»Er ist mein Enkel«, kam Onkel Ferdinand näher. »Komm, Ludwig, grüß die Frau Partisanin!«

»Nicht Frau, Fräulein. Ist gud, Knabe geht
auch. Aber viel Arbeit!«

Froh waren sie, als sich herausstellte, dass sie
in der Maisscheune allein blieben. Von der Gasse
gingen sie durch die breite Eingangstür auf den
Schulhof.

Im Osten erschienen wieder die ersten hellen
Flecken am Himmel. Zuerst stieg Herr Reinhold
hoch. Große Maishaufen. Alles kalt, alles feucht.

Der Sonnenschein fiel schon auf den Maishaufen. Der Mais leuchtete gelb auf dem düsteren Boden.

»Wenn unsere Herren ankommen, werden sie
wenigstens sehen, dass wir gearbeitet haben.«

»Während sie ihr Schnäpschen tranken.«

»Stockinger!« sagte Herr Reinhold nach einer
Weile, »Sie dachten aber auch an alles.«

»Sie meinen, Herr Reinhold?«

»Die Zeughose, der alte, schwarze Hut, die
blaue Schürze.«

»Da weiß man doch, dass die uns nicht zur Hochzeitsreise geladen haben. Diese Leute haben für noble Sachen nicht viel übrig.«

»Still! Bleibt still!«

»Bekommen wir Ärger?« fragte Stockinger.

»Still! Partisanen! Drei!« – Ihr Gelächter, Wiehern hörte man bis auf den Boden.

»Zum Teufel! Was wollen sie nur?«

»Wir werden's bald herauskriegen.«

Alle standen an der Lichtung.

»Still! Mein Gott! Hört ihr, worüber sie reden?«

»Sind gut aufgelegt.«

»Haben Sie das gehört, Herr Reinhold? Bitt' schön, diese miesen Schweinehunde wollen Mädchen aus dem Lager.«

»Guckt mal, guckt mal!«

Die Partisanen hüpften vor Freude wie giererfüllte Ziegenböcke auf dem Schulhof herum. Ihre Waffen legten sie unter den Maulbeerbaum, dann auch ihre Feldblusen, Mützen, Hosen. Einer war schon splitternackt.

»Gledajte ovamo (Schaut her)!« schrie der Nackte den anderen zu.

»Mein Gott! Die Mädchen!«

»Sind sie da?«

»Fünf Mädchen! Sie bringen die frische Wäsche in ihren Körben.«

»Oh nein!«

»Schaut mal, die Fini! Die Waldmann Fini aus unserem Dorf!«

»Nicht so laut, Stockinger!«

»Fini wird ihnen die Suppe schon ganz schön versalzen! Die können was erleben!«

»Vielleicht werden die anderen auch Mut fassen.«

»Mein Gott!«

»Der Nackte winkt Fini zu sich.«

»Der wird bald ein blaues Wunder erleben!«

Der Nackte näherte sich mit lautem Gejohle den Mädchen.

»Lepa švabica, vidi, šta te čeka! (Schönes Schwabenmädchen, guck mal, was dich erwartet!)« Er wollte Fini umarmen, die spuckte ihm aber ins verschwitzte Gesicht und verpasste ihm eine schallende Ohrfeige. Von ihrem Fußtritt fiel er heulend ins Gras. Bis die Partisanen nach ihren Kleidern suchten, verschwanden die Mädchen mit ihren Körben.

»So!« sagte Herr Reinhold. »Das wäre dann erledigt. Die Kerle machen sich jetzt aus dem Staub, und wir können uns wieder unserer Arbeit widmen.«

Am Abend lagen sie noch lange wach auf ihrem Strohlager. Sie horchten in die Stille, horchten in die Nacht. Man vernahm die ruhigen Schritte des Wachsoldaten. Mit lautem Gerassel und Geklirr rumpelte ein Pferdewagen vorbei. Stockinger seufzte ab und zu.

»Mein Gott! Lieber Gott!«

Onkel Ferdinand gab Laute von sich, als hätte

er einen Leckerbissen vor sich. Dann begann er, immer lauter zu schnarchen.

»Ludwig, bist du wach?« fragte Herr Reinhold.

»Ja.«

»Der Opa! Mark erschütternd!«

»Onkel Ferdinand! Onkel Ferdinand, bitte!«

»Ist was passiert, mein Junge? Müssen wir also wieder in der Nacht weiter.«

»Alles in Ordnung, nur das Schnarchen.«

»Habe ich geschnarcht? Nicht böse sein, bitte. Also, müssen wir nicht wieder hinaus in die finstere Nacht.«

»Nein, nein. Alles in Ordnung, in bester Ordnung.«

Es war eine kurze Nacht, eine Nacht mit wenig Schlaf. Manchmal blieb der Wachsoldat vor ihrem Fenster stehen, als lauschte er durchs Fenster, dann wurde es wieder still. Onkel Ferdinand schmatzte im Schlaf. Sonst? Sonst waren wieder alle auf der weiten Reise nach Hause. Es war noch dunstig, als an das Fenster geklopft wurde.

»Ustani! Ustani! Napolje! (Aufstehen! Raus!)«

»Mein Gott, ich wäre gerade eingeschlafen!« murmelte Onkel Ferdinand. »So eine Schweinerei! Wir saßen am Tisch. Alle waren wir daheim, alle saßen wir am Tisch.«

»Ich hörte es«, lächelte Ludwig.

»Du? Wie denn?«

»Das Schmatzen.«

»Habe ich das? Na, siehst du!«

»Was uns wohl erwartet?« grübelte Herr Reinhold, auf seinem Strohlager Ordnung machend.

»Ich weiß nicht, wie ihr den Lauf der Dinge seht, ich muss feststellen, dass diese Leute uns ganz und gar verwöhnen.«

»Hört ihr den Stockinger? Mein Gott! Bist auch du übergeschnappt?«

»So eine Scheiße! Ich finde meinen Löffel nicht.«

»Ich habe zwei.«

»Also!« wischte Stockinger das spreuige Stroh von sich. »Wann konnten wir es uns leisten, so herrisch, so nobel zu leben? Mit Ausnahme von Herrn Reinhold. Um vier Uhr in der Früh weckt man uns. Daheim waren wir um diese Zeit schon im Stall. Ausmisten, melken, striegeln. Na, und hier? Ist das nicht wunderbar? Wir müssen uns darüber nicht den Kopf zerbrechen, was wir frühstücken werden. Wir wissen es schon zuvor, dass eine feine Cremesuppe, eine fein duftende Einbrennsuppe auf uns wartet. Zu Mittag wird uns ein delikates Gericht serviert. Die einmalige Bohnensuppe. Nachts hüten uns die ruhmreichen Kämpfer der Armee, damit man uns nichts antut.«

»Bitte, Stockinger! Bitte!

»Ihr könnt halt die Wahrheit nicht ertragen.«

»Du Stockinger, tut das auch weh?«

»Was soll mir weh tun?«

»Dein Zustand.«

»Freunde, gehen wir, man wartet schon auf uns! Die anderen sitzen schon bei den vollen

Schüsseln.«

Überall saßen Leute auf der Erde. Die Schüssel auf dem Schoß, mit dem Löffel in der Hand. Es wurde kaum geredet. Man wollte jeden Tropfen der warmen Brühe essen. Dazu das kleine Stück Maisbrot. Im Brot fand man oft gebratene Mäuse, Kukuruzkolben.

Um fünf Uhr ging's schon bergauf auf den Weinberg. Kalter Staub auf dem Fahrweg, alles taunass. Hohlwege. Ein hagerer Mann mit traurigem Blick erwartete die Lagerleut.

»Ich bin der Chef dieser Weingegend. Auf diesen Hügeln wächst der beste Wein der Landschaft. Nun, diese wertvollen Weinberge darf man nicht vertrödeln! Sie werden von jetzt an von den Lagern bewirtschaftet. Acker und Weinbau unterstehen von nun an der Verwaltung der Lager. Dass ihr es wisst, ich bin der Branković Mujo, ich will, dass ihr diese Weingärten bestellt, als wären es eure Weingärten. Ihr habt das Zeug dazu, ihr habt's im Blut. Ihr braucht euch nicht zu Tode arbeiten, aber anständig muss es sein, was ihr tut. Ihr werdet es nicht bereuen! So! Jetzt gehen wir im Gänsemarsch dort zum Winzerhaus. Legt dort die Schüssel und den Löffel ab und nehmt eine Weingartenschere. Mit der Schere stellt ihr euch an. Es ist höchste Zeit, dass wir die Weinstöcke schneiden.«

71

»Zeig mal deine Schere, Ludwig!« meinte Onkel Ferdinand nach einer Weile.

»So nimmt man sie in die Hand. Da wirst du wenigstens das Schneiden lernen. Willst du das?«

»Aber von wem soll ich's erlernen?«

»Natürlich von mir.«

»Aber Onkel Ferdinand war doch Handwerker!«

»Genau, mein Junge. Meister. Aber bei uns hatten auch die Handwerder einen Weingarten. Nicht so groß, aber schön. So, so! Na, komm, ich werde dir gleich zeigen, wie und wo man die Reben zurückschneidet.«

»Herr Reinhold!« rief Fuhrmann, in die nächste Reihe gehend.

»Ich höre.«

»Was sagen Sie zu diesem Mujo?«

»Eine Quatschbase ist er nicht. Das sieht man schon. Er schreit nicht, droht auch nicht.«

»Mir ist noch etwas aufgefallen.«

»Und zwar?«

»Diese Saumagen lassen uns nicht mehr raus aus ihren verdammten Lagern. Er sagte doch, dass diese Weingärten von den Lagern bearbeitet werden.«

»Das hat er gesagt. Stimmt.«

»Was wird mit uns, Herr Reinhold? Jetzt bekomme auch ich schon Angst. Die lassen uns nie wieder frei!«

»Karl, nicht so laut!«

»Sollten wir's doch versuchen, Herr Reinhold?«

»Was wollen Sie denn versuchen?«

»Die Flucht nach Ungarn. So nahe bringen die uns nie wieder an die ungarische Grenze.«

»Stimmt.«

»Wenn sie uns abends ins Lager bringen, stellen wir uns ganz hinten an. Die Leute sind schon hundemüde, wollen ins Lager, auf ihr Stroh. Man denkt nur noch ans Ruhen, an Schlaf und Träumereien. Der Weg vom Weinberg geht bergab, Beiwege, Seitenwege und an einer buschigen Stelle bleibt man halt zurück und dann, in der Nacht, zur ungarischen Grenze.«

Es war wieder schön, im Weingarten zu arbeiten. Die Sonne schien immer wärmer, die Obstbäume blühten in voller Pracht, Frühlingsdüfte, das bekannte emsige Summen der Bienen.

»Geht's Leute?« kam Mujo vorbei. »Heute essen wir kalt. Der Wagen wird Käse, Brot und Wasser aus dem Lager herfahren.

»Das kann doch nicht wahr sein!« meinte Onkel Ferdinand später. »Käse und Brot!«

»Die anderen können sich den Bauch mit Bohnensuppe vollschlagen. Gut, was?«

Es wurde wieder still. Man hörte nur das Knacken der Weingartenscheren. Stockinger bemerkte das Motorrad aus der Ferne.

»Wir kriegen Besuch. Ein Motorrad quält sich hoch.«

»Nanu!«

»Ein Beiwagenmotorrad!«

Die Männer standen auf und schauten ins Tal hinab. Das Motorrad kam langsam näher. Ein deutsches Motorrad mit zwei Partisanen.

»Wo ist der Kommandant?« fragte der im Beiwagen. Sie gingen zu Fuß zum Kellerhaus. Die Männer horchten zum Haus hinüber.

»Bist du der Kommandant?«

»Ja, der Chef. Branković Mujo.«

»Gut!« sagte der Partisan aus dem Beiwagen. »Der Befehl...«

»Befehl? Wozu ein Befehl?«

»Du kommst mit deinen Leuten hinab ins Dorf!«

»Jetzt?«

»Sofort!«

»Aber Mensch, das geht doch nicht! Wir arbeiten. Dringende Frühlingsarbeit, Genossen!«

»Befehl ist Befehl, Genosse Branković! Also, sofort auf den Marktplatz! Hier, eine Unterschrift!«

Bald holperte das Motorrad bergab auf den steinigen Weg.

»Dahinter steckt schon wieder Kukan, das Arschloch!« ärgerte sich Fuhrmann unterwegs.

»Und Käse und Brot bleiben auch weg!« redete Onkel Ferdinand vor sich hin.

Überall trafen sie Lagerleute im Dorf von Partisanen begleitet. Motorräder schepperten vorbei, LKWs hupten.

»Vielleicht müssen wir schon wieder weiter.«

»Da kommen Weiber! Die werde ich gleich fragen«, sagte Onkel Ferdinand aufgeregt. »Bitte, bleibt mal stehen. Woher kommt ihr her?«

»Aus dem Sumpfwald.«

»Ich suche meine Frau.«

»Wie heißt sie denn, Opa?«

»Resi heißt sie. Mayer Resi.«

»Leider nie gehört!«

»Komm, Ferdinand!« packte ihn Stockinger am Ärmel. »Sonst gibt's noch Ärger!«

»Soll ich helfen, Onkel Ferdinand?« trat Ludwig näher.

»Da, nimm meine Schüssel und den Löffel! Es geht schon leichter, mein Junge. So hat man's halt, wenn man alt wird. Stockinger, du kennst dich in Berghof aus. Warst du schon auf dem Jahrmarkt?«

»Klar, Onkel Ferdinand.«

»Ist der Marktplatz noch weit?«

»Um die Ecke.«

»Das freut mich.«

»Halt, Ferdinand! Hoch mit dem Hosenbein!« beugte sich Herr Reinhold. »Na siehst du, da liegt der Hund begraben! Geschwürbildung. So ein Geschwür kann schon weh tun. Also schön langsam dahinhinken und morgen werden wir es unter Druck setzen.«

Immer mehr Leute. Frauen, Männer, alte Leute, Kinder. Partisanen mit ihren Gewehren und Handgranaten. Alles war in Bewegung. In der Mitte des Marktplatzes erblickten sie ein frischgezimmertes Gerüst.

»Mensch!« deutete Fuhrmann aufs Gerüst, »Kukan! Der Kukan!«

»Wo denn?«

»Du fragst noch? Das Gerüst! Der Kukan braucht doch immer ein Gerüst!«

»Ferdi, Ferdi!« rief eine Frauenstimme.

»Onkel, die Tante!« eilte Ludwig zum Onkel.

»Resi, du lebst noch?«

»Was denn? Ich gehe dir nicht mehr von der Seite! Das verspreche ich dir!«

»Resi, meine Resi!«

»Der Kukan ist wieder da!«

»Hast ihn gesehen?«

»Klar! Dort stand er oben auf dem Gerüst mit einem tierischen Grinsen. Mein Gott, was er nur wieder will?«

»Das werden wir bald erfahren!« sagte Stockinger mit gedämpfter Stimme.

»Dort ist er!« deutete Ludwig zum Gerüst hin. »Er geht schon hoch.«

Auf einmal war's, als fegten eisige Winde über den Marktplatz. Gepressten Herzens standen die Leute, Angst, Trauer und Verzagtheit auf den Gesichtern. »Lieber Gott, sei uns gnädig!«

»Ferdi, nimm meine Hand! Drück sie, bitte! Laß sie nicht los!«

Kukan begann aus Leibeskräften zu schreien.

»Ich habe euch einmal gewarnt, dort im Sammellager in Großdorf. Einige von euch, einige Klugscheißer meinten, es wäre Spaß, was ich sage. Das

76

Wort Spaß fehlt in meinem Wörterbuch, besonders, wenn ich euch, verdammtes Gesindel, sehe. Ich habe euch gewarnt! Versucht es nicht mit Flucht, versucht nicht das Unmögliche! Die Nähe der ungarischen Grenze kann dich in Versuchung bringen! Ich warnte euch alle! Ein junger Mann war noch vorgestern unter uns. Jawohl! Viele kannten ihn. Wie ein schlauer Fuchs schlich er hier herum. Er überlistete auch die Grenzwache. Er hatte auch noch ungarisches Geld, Pengő bei sich. In Ungarn ging er gleich in das erstbeste Geschäft und versorgte sich mit Speise und Trank. An der nahen Bahnstation suchte er sich eine freie Bank und machte sich ans Essen. Was folgte dann? Unsere Leute schnappten ihn und brachten ihn zurück zu uns. Und jetzt werden wir ihn streng bestrafen.«

»Lieber Gott!«

Bald hörte man wieder seine raue Stimme.

»Eine traurige Geschichte. Sicher ist es eine traurige Geschichte, aber kein Märchen! Ich will, dass ihr aus dieser Geschichte etwas lernt. Ich sagte euch schon im Großdorfer Lager, dass ich nicht zimperlich bin. Das werdet ihr auch gleich sehen. Also zurück zu diesem verdammten Burschen, der uns reinlegen wollte. Faschistisches Gesindel! Nehmt euch in acht! Ich warne euch! Nach euch fragt niemand mehr! Die jugoslawische Staatsbürgerschaft hat man euch aberkannt. Man hat euch alle uns ausgeliefert! Und wir lassen euch nicht mehr los! Wir wollen sehen, wie ihr krepiert, einer nach dem anderen. Und jetzt macht den Eingang frei! Bringt ihn!«

Auf dem Marktplatz war es still, nur das Weinen der Kinder war in der Stille zu hören. Es war nicht das fromme, andachtsvolle Schweigen in den Kirchen, es war die Totenstille, Schauerstille, die Grabesstille.

»Uvedita ga! (Bringt ihn herein!)«

Am Eingang erschienen Partisanen. Der eine hielt sein Gewehr in der Hand, der andere eine Pistole. Sie brachten einen jungen, gefesselten Mann. Ab und zu gab man ihm mit dem Gewehrkolben einen Stoß.

»Hajde, hajde!«

Sein Gesicht war von verkrustetem Blut entstellt.

»Halt mich an der Hand, Ferdinand!«

»Nur schön ruhig! Resi, nur schön ruhig!«

»Ludwig, komm zu mir! So. Dreh dich um, mein Junge.«

»Ich weiß, was kommt. Ich hab's schon gesehen und gehört.«

»Siehst, so wird man halt zum Erwachsenen. Du und deine Generation wenigstens. Aber Kopf hoch!«

»Još dalje vodite ga! (Führt ihn noch weiter!) Uzmi pušku! (Nimm das Gewehr!)«

Der Partisan machte das Gewehr schussfertig.

»Anlegen!« rief Kukan vom Gerüst.

»Pali! (Schußfrei!)«

Die in der Nähe standen, hörten nur ein leeres Knacken.

»Šta radiš, kukavica jedna? (Was machst du denn, du Feigling?)«

Der Partisan legte wieder an. Vom Gerüst hörte man wieder Kukans Stimme. »Pali!«

Wieder nur das leere Knacken.

»Kukavica jedna!« Er polterte die Brettertreppe hinab. Nahm das Gewehr in die Hand, legte an, drückte ab. Wieder das leere Knacken. Er warf das Gewehr auf die Erde, zog seine Pistole und schoss.

»Und jetzt herhören! Dieses scheußliche Ende erwartet alle, die es mit der Flucht versuchen. Mit eigener Hand werde ich ihn erschießen. Aus dem Lager kommt ihr nicht mehr raus! Verrecken werdet ihr alle in unseren Lagern! Der Klugscheißer meinte, er wird mich reinlegen. Wie tollwütige Hunde lege ich euch um! Und bringt mir jetzt dieses Scheusal hinaus auf den Friedhof und verscharrt ihn im Friedhofsgraben. Und jetzt geht ihr mit eurer Schüssel und Löffel, stellt euch bei den Kesseln an, damit ihr eure Bohnensuppe kriegt, die ihr nicht verdient habt.«

Langsam setzten sich die Leute in Bewegung. Manche schauten noch zurück. Partisanen schleiften den Toten über den staubigen Fahrweg.

Am Abend lagen die Männer noch lange wach auf ihrem Strohlager. Ein wenig Mondschein fiel zum Fenster hinein. Zwei Wachsoldaten machten auf dem Hof ihre Runden, dann bellte ein vereinsamter Hund in die fremde Nacht hinein.

»Hört ihr den Hund?« setzte sich Herr Reinhold auf.

»Meinst du, der sucht noch immer nach seinem Bauern?«

»Das arme Vieh! Die machen sich mehr Sorgen um uns als die Menschen.«

»Es muss aber ein Schlauer sein!« sagte Stockinger.

»Du meinst?«

»Er lebt ja noch und ist noch immer auf der Suche.«

»Er gibt nicht auf.«

Sie horchten wieder in die Stille.

»Jetzt ist das Gebell schon schwächer zu hören.«

»Einmal wird es für immer verstummen, und an die Familie Schneider, Hoffmann oder wie sie auch alle heißen, wird sich niemand mehr erinnern.«

Um fünf Uhr ging's schon bergauf. Holprige Wege, dann der lange Hohlweg. Wie Schimmel lag Morgentau auf den Gräsern und Büschen. Alles trostlos, alles kalt.

»Etwas frisch ist es schon, Ferdinand. Meinst du nicht?« wandte sich Herr Reinhold an Onkel Ferdinand.

»Frisch, meinst du? Es will halt nicht warm werden. Da kann man sich ganz schön eine blöde Lungenentzündung holen.«

»Nicht übertreiben, alter Freund!«

»Ich huste schon wieder die ganze liebe

Nacht.«

»Dein sogenanntes Husten ist auch uns aufgefallen.«

»Na, siehst du? Es hat aber nichts zu sagen! Mein Fuß quält mich auch jeden Tag mehr.«

»Dein Fuß?«

»Das Geschwür an meinem Bein.«

»Zeig mal!«

»Hier. Siehst du?«

»Prima! Schon schön gelb. Oben im Weingarten bekomme ich das Geschwür mit einem Druck weg.«

»Wäre das so einfach?«

«Natürlich.«

Vier Wachsoldaten begleiteten die Männer. Schläfrig und langsam gingen sie am Wegrand. Mujo wartete auf dem Weg vor den Weingärten auf sie.

»Ein Wort, bevor ihr euch anstellt. Ich will, dass ihr arbeitet wie gestern. Es hetzt euch niemand, tut eure Arbeit. Gestern war auch ich auf dem Marktplatz. Ich bin ein Mensch der Realität! Jawohl! Was dort geschah, halte ich für äußerst unmenschlich. Ich denke an die Hinrichtung des Lagermannes, des flüchtigen Lagermannes. Nun, was die Realität betrifft. Man hat euch alle enteignet, man hat euch die jugoslawische Staatsbürgerschaft aberkannt und euch für vogelfrei erklärt und in die Lager gesteckt. Ihr wisst auch, dass man euch in nächster Zukunft nicht entlassen wird. Das ist die Realität! Darum sage ich euch allen, arbeitet anständig!«

Mit den Weingartenscheren in der Hand stellten sie sich an, und bald hörte man das Klappen und Klappern der Scheren. Später schien auch die Sonne wieder warm durch die Weingartenreihen. Allmählich löste sich dann auch die Sprachlosigkeit der Männer. Es wurde erzählt, man lernte sich kennen, und die Scheren klappten und klapperten. Die Wachsoldaten gingen mit dem Chef ins Kellerhaus.

Der Mann kam vom Fahrweg in den Weingarten. Er trug einen kleinen schwarzen Hut, große, schwarze Augen hatte er, einen dicken, grauen Bart.

»Ich will euch sprechen, liebe Leut. Ich bin Serbe. Marko. Marko Cupity. Oben habe ich meinen Weingarten. Ich muss mit euch reden!«

»Tun Sie das, Herr Cupity!« schaute ihm Herr Reinhold ins graue Gesicht.

»Dort drüben ist Ungarn. Ich stehe oft in meinem Weingarten und schaue hinüber. Die kleinen Dörfer dort in der Ferne sind schon ungarisch. Mit Wehmut denke ich an unsere Jugendjahre, als Schwaben und Serben in aller Eintracht in unseren Dörfern lebten. Wir Serben in der Ratzegasse, die Schwaben in der Langgasse. In der Schule lernten wir Serbisch und Deutsch. Dann kam der Erste Weltkrieg. Alles geriet aus den Fugen. Das Serbische Militär besetzte einen Landstrich bis Fünfkirchen. Es entstand die serbische Republik Baranya-Baja, und als man die Grenze 1921 etwas nach Süden schob, mussten wir Serben uns freiwillig zur Übersiedlung melden, zur Übersiedlung in das Königreich der Serben-Kroaten und Slowenen. Man hat uns goldene Berge versprochen. Alles mussten wir in Ungarn zurücklassen. Haus und Hof, Freundschaften und Heimat. Hier in Jugoslawien hat man uns mit scheelen Augen betrachtet. So wurden wir zu Optanten. Ich würde euch gerne helfen. Vielleicht auch nur mit einem Rat. Traut nicht diesen Leuten! Tut es nicht! Die werden euch nie freilassen. Die Grenze haben sie noch nicht dicht gemacht. Versucht es mit der Flucht.«

»Oh, Mann, oh Mann! Gestern haben sie einen flüchtigen Lagersmann auf dem Marktplatz erschossen.«

»Erschossen?«

»Ja, auf dem Marktplatz! Und die Lagersleut mussten alle zuschauen.«

»Wusste ich nicht. Ich lebe hier oben in meinem Weingarten. Ich komme kaum ins Dorf hinab.«

Im Kellerhaus ging's immer lauter zu. Dann öffnete sich die schwere Tür, und man hörte nur noch eine Männerstimme voller Zorn.

»Raus, raus, du Schwein! Was erlaubst du dir? Du richtest deine schäbige Büchse auf mich? Du Schwein! Das soll dich viel kosten! Hier bin ich der Kommandant! Und jetzt raus!«

»Da gibt's ganz schön Ärger mit diesen Burschen.«

Onkel Ferdinand wollte noch mit Marko

83

reden, aber der war nicht mehr zu sehen.

Es war schon finster im Raum, als die Männer sich auf ihr Strohlager setzten. Onkel Ferdinand seufzte nur vor sich hin.

»Mein Bein, Ludwig! Es schmerzt immer ärger!«

»Das Geschwür soll noch ein wenig reifen!« sagte Herr Reinhold.

»Dann wirst du?«

»Natürlich! Ich sagte es doch schon. Ein Druck, und du wirst dir als Sportler einen Namen machen!«

»Schon gut. Nur das Zucken in meinem Bein!«

Die meisten lagen schon auf dem Stroh. Sie wollten schlafen, sie wollten mit ihren Gedanken allein bleiben, doch erschien in ihren Gedanken immer wieder Marko. Sein Auftauchen, dann sein rätselhaftes Verschwinden.

»Ein merkwürdiger Kauz ist er schon!« meinte nach einer Weile Stockinger. »Merkwürdiger Kauz?«

»Na, ja. Der Marko dort im Weingarten.«

»Es gibt auch solche Serben«, meinte Herr Reinhold schläfrig.

»Und was er sagte, ist auch zu bedenken.«

»Besonders, was die Grenze betrifft. Wer weiß, wann sie uns nochmals so nahe an die Grenze bringen.«

»Fast unglaublich! Aus den Weingärten sehen wir hinüber nach Ungarn!«

»Onkel Ferdinand, ich habe Läuse!«

»Was hast du?«

»Läuse.«

»Sprich doch nicht so einen Unsinn! Mensch, hört ihr das?«

»Überhaupt kein Unsinn! Wir haben Sauglück, dass wir noch nicht voll sind! Nach meinem Ermessen sollten wir schon alle voll sein.«

»Was kommt noch? Bleibt uns nichts erspart?«

»Hört ihr, draußen auf der Gasse ziehen sie noch immer vorbei?«

»Arme Leute mit den Alten und den Kindern!«

»Mit diesem Mujo haben wir Glück.«

»Du meinst?«

»Na, ja. Er braucht uns auf seinem Weinberg.«

»Das hat er uns auch gesagt. Klipp und klar.«

»Diese Leute draußen kommen vielleicht in der Morgendämmerung an die Donau.«

»Schläfst schon?« fragte Stockinger später.

»Ich? Nein! ich habe es wieder versucht, es kommt aber kein Schlaf in meine Augen. Du bist bestimmt schon schläfrig.«

»Nee. Keine Spur!«

»Ich könnte mir den Schädel einrennen. So ein Rindvieh, was ich bin!«

»Was hast denn?«

»Ein Rindvieh! Verstehst du mich, Stocki?«

»Ich weiß nicht, was du willst!«

»Lieber Gott! Warum hast du mir den Verstand genommen? Auf der Bahnstation stand der deutsche Flüchtlingszug! Noch im Oktober, und ich sagte nein. Wir fahren nicht mit, wir bleiben! Verstand wie ein Säugling! Das hatte ich! Die Familie Fuhrmann bleibt! Mein Gott! Wie konnte ich nur so kindisch naiv sein? Wir wollten Haus und Hof bewahren. Das war's! Jetzt ist alles futsch!«

»Die nach Deutschland flüchteten, hatten's auch nicht leicht.«

»Ich weiß, ich weiß! Kein Zuckerlecken! Im Jänner kam der Hoffmann Seppi zurück.«

»Zurück? Wie konnte er das?«

»Zu Fuß. Mensch, aus Bremen. Ist nicht hier in der Nähe. Er hatte Heimweh. Verstehst du das, Stocki? Heimweh!«

»Und jetzt?«

»Die steckten ihn gleich ins Lager.«

»Mein Gott! Hast ihn getroffen?«

»Na, klar. Man ist doch neugierig! Wir haben ihn eingeladen. Abendessen. Wein. Heimweh brachte ihn zurück, aber als er endlich zu Fuß ankam, hatte er kein Zuhause mehr.«

»Oh Mann! Und was hat er erzählt? Wie geht's den Flüchtlingsfamilien dort in der Ferne?«

»Man hat sie nicht mit Gaudi erwartet. In Deutschland liegt alles in Schutt und Asche. Zuerst wurden sie in Auffanglagern untergebracht. Alles rationalisiert, alles eingeteilt und verteilt, alles knapp, alles wenig, alles fremd. Deutschland hungert, die deutsche Bevölkerung lebt im Schatten der Ruinen. Man will nur noch am Leben bleiben.«

»Sorgen hat man überall!«

»Die handelten richtig!«

»An wen denkst du denn?«

»Die im Oktober mit Tränen in den Augen Abschied nahmen. Abschied von der Kirche, von der Schule, vom Friedhof, von Haus und Hof. Die nochmals ihre Pferde und Kühe im Stall streichelten, die nochmals den Kopf des Hundes kratzten, die nochmals in ihre treuen Augen blickten, die die Katzen streichelten. Das Nötigste packten sie auf den Pferdewagen, der sie zur Bahnstation fuhr, und mit dem Flüchtlingszug ging die Reise ins Ungewisse. Sie mussten auch alles zurücklassen, uns hat man aus unseren Häusern verjagt.«

»Das stimmt.«

»Sie hat man nicht mit tierischer Wut und Hass angebrüllt, man hetzte diese Leute nicht mitten in der Nacht, in Regen und Schnee durch die halbe Welt, man versuchte, die Tage und Nächte, die sie in Güterwaggons verbringen mussten, erträglich zu gestalten. Man war den Leuten nicht auf Schritt und Tritt auf der Spur. In den Auffanglagern hatte man auch schon alles zu ihrem Empfang organisiert. Die Züge fuhren durch ein verwüstetes, völlig zerbombtes Land. Schutt und Asche an der Stelle der Städte, in den Lagern hatte man aber die langen Bretterbaracken fertiggestellt. Die Familien konnten Plätze belegen, man bekam wenigstens ein Bett. Das hat mir alles der Seppi erzählt. Stellt euch vor, ein eigenes Bett! Wir liegen hier in der verlausten Spreu! Die Leute wurden mit Tee und Semmeln gegrüßt. Oft bekamen die Leute Gemüse, Suppen und besonders Soßen. Obst, Kartoffeln, speziell deutsche Gerichte. Nur wenig, sehr wenig! Das

Brot war schwarz und klitschig.«

»Und was frühstückten sie denn?«

»Kaffee.«

»Mann, oh Mann! Kaffee!«

»So. Seppi meinte, die Deutschen sagen Blümchenkaffee. Malzkaffee.«

»Mein Gott! Frühstück ohne Einbrennsuppe!«

»Nur wenig. Die Deutschen haben auch kaum etwas. Mit ihren Habseligkeiten gehen sie aufs Land, sie bieten Klamotten an, die sie vor den Bomben in Sicherheit bringen konnten. So ergattern sie sich etwas Kartoffeln, ein wenig Mehl, Eier, vielleicht auch ein mageres Huhn oder einen Hasen... So lebt man halt jetzt in Deutschland, aber unseren ehemaligen Landsleuten bleibt wenigsten unser Los erspart. Darum sag ich's euch doch, dass ich das größte Rindvieh der Welt bin! Ich bleibe schön auf unserem Misthaufen hocken und warte auf das große Wunder! Krankenschwestern pflegen die Alten im Lager, man hat Ärzte, Medizin. Aber das Wichtigste ist doch, was Ferdinand sagte. Die Freiheit! Die werden uns diese Wüstlinge nie wieder geben. Wir bleiben für ewig und immer wie das gefangene Wild.«

»Seid ihr nicht schläfrig?« setzte sich Herr Reinhold auf.

»Verzeih uns, dass wir so laut waren!« sagte Stockinger leise.

»Ich grübelte auch lange herum, im Oktober 1944.«

»Es war nicht so einfach. Überhaupt nicht!«

»Das Drama der Schwaben aus der Batschka und im Banat spielte sich vor unseren Augen ab. Wochenlang zogen ihre Pferdewagen auf unseren Landstraßen gegen Westen. Kind und Kegel auf den dahinholpernden Wagen, Frauen mit Kindern, alte Leute mit verzweifeltem Blick, hie und da auch eine Kuh hinter dem Wagen, bis sie unsere Landstraßen erreichten. Verzweiflung und Aussichtslosigkeit auf den weiten Wegen. Kinder weinten, viele Frauen meinten schon, es geht nicht mehr weiter, sie schaffen's nicht. Die Pferde zogen müde die Wagen, alte Männer stiegen von den Wagen und gingen zu Fuß. Zum Glück hatte man einen trockenen Herbst, wolkenlosen Himmel, Staub auf den Wegen. Es war nicht leicht, in diesem wirren Durcheinander eine richtige Entscheidung zu treffen. Auf den Landstraßen hatte man wochenlang die Bilder des Schreckens, daheim wollte man diese Schreckensbilder vergessen. Man war noch mit seiner Familie, sonntags ging man zur Messe, abends saß man mit der Familie am Tisch. Abendessen. Man wollte optimistisch denken, man blickte mit Zuversicht der kommenden Zeit entgegen.«

»Ja, das war's ja. Meine Schwiegermutter wollte nicht weg. Nein und abermals nein! Wir werden doch nicht alles diesen Schlawinern überlassen! Wir haben für alles hart gearbeitet und jetzt sollen wir alles lassen?«

Sie lagen noch lange wach. Still war's wieder im Raum. Hie und da hörte man die harten Schritte der Wachsoldaten, später schepperte ein Wagen auf der

Gasse vorbei. Dann rührte sich nur noch Onkel Ferdinand auf dem Stroh. Er seufzte und hüstelte herum.

»Ludwig!« sagte er leise. »Ist was passiert, mein Junge?«

»Nein. Alles schläft.«

In der Ecke wurde es auch wieder still. Die Männer lagen auf ihrem Strohlager.

»Verdammtes Geziefer! So eine Scheiße! Stocki, ich bin von den Läusen entdeckt!«

Um vier Uhr lag noch dicker Nebel über Berghof.

»Auf, Leute! Die Partisanen rennen schon auf dem Hof herum.«

»So eine Schweinerei!«

»Was ist denn heute los?« blieb Fuhrmann mit seiner Schüssel und dem Löffel bei der Tür stehen.

»Macht schon! Die Leute machen sich auf dem Hof auf den Weg. Ferdinand, bitte! Alles zurück in den Rucksack und los. Wir kriegen noch Ärger, wenn wir so herumbrodeln!«

»Nicht so heftig!« kam auch Herr Reinhold auf die Gasse. »Es wird schon!«

»Es will heute nicht hell werden. Der verdammte Nebel!«

»Dazu noch die kalte Luft!«

»Mensch, da wimmelt ja schon alles! Leute, die wir noch nie gesehen haben. Was meint ihr, sind das Neue?«

»Neu oder alt, ist mir Wurst! Kommt, vielleicht bekommen wir unsere Suppe aus dem warmen Kessel. Komm, Ferdinand! Nicht so greisenhaft!«

»Wenn nur meine Resi da wäre!«

»Die wird schon! Die kommt bestimmt durch!«

»Meinst du?«

»Bestimmt kommt sie durch! Komm, stell dich an! Komm, Ludwig, aus diesem Kessel dampft's noch!«

Onkel Ferdinand saß mit Ludwig auf der Erde, und sie schauten den Lagersleuten nach, die auf dem staubigen Fahrweg an ihnen vorbeikamen.

»Kommt ihr aus Gakowa? Aus Gakowa, liebe Leut?«

»In Gakowa gibt's nur ein Hinein und kein Heraus mehr!«

»Woher kommt ihr denn?«

»Aus Srem, Opa, vom Ende der Welt.«

»Der Junge hier sucht seine Mutter. Frau Wagner aus Birkenhausen. Kennt ihr sie nicht?«

»Kennt jemand Frau Wagner aus Birkenhausen? Niemand, Opa. Ich suche meinen Mann, Norbert Sauer. Hier habe ich einen Brief.«

Sie trat zu Onkel Ferdinand.

»Wenn ihr Leute von der Drau her trefft.«

»Gott leite deine Wege!«

Ein Partisan rannte zu Onkel Ferdinand. Er riss ihm das Papier aus der Hand und zerfetzte es. Dann ging er zur Frau und verprügelte sie erbarmungslos.

»Willst noch einen Brief? Da hast noch einen, noch einen Liebesbrief! Du verdammtes Luder! Verrecken wirst du in Gakowa! Das verspreche ich dir!«

Der Zug der Frauen aus der Gegend von Esseg bewegte sich langsam dem Osten zu, der Donau zu. Der Nebel lichtete sich. Kinder weinten auf dem Fahrweg.

»Still, mein Kind!« hörte man eine sanfte Stimme. »Nicht weinen, Rosilein, mein schönstes Töchterlein!«

»Mir tun die Füße weh, Mami! Der Staub ist so kalt! Alles ist kalt.«

»Soll ich dich tragen, mein Kind? Aber du bist doch schon groß.«

»Dann gehe ich noch zu Fuß, Mami. Nur deine Hand, bitte.«

Viele hatten kein Schuhwerk mehr. Die langen, endlosen Wege, sie rissen ihnen die Schuhe von den Füßen. Und die müden Füße, die wunden Füße gingen auf den steinigen Wegen, auf den harten Fahrwegen weiter. Man hörte nur das Geräusch der müden Füße, die schlurfenden Schritte, Kinder und Frauen, Männer und Großeltern, Hunderte und Tausende gingen auf den Wegen, traurige, verzweifelte Leute. Hoffnungslos. Da gab's auch keine Pferdewagen für die Schwerkranken mehr, man musste nur die schweren, schmerzenden Füße heben. Wohin die Wege führten, interessierte die Leute nicht mehr, nur die Füße, ein Schritt nach dem anderen, Schritt für Schritt.

Endlich eilte auch Fuhrmann herbei.

»Mensch, du machst uns Sorgen!«

»Nicht böse sein! Ich suchte nur Leute aus unserem Dorf.«

»Und?«

»Ich habe den Mosbach gefunden. Prima Maurer ist der Mosbach. Jetzt arbeitet er auf dem Friedhof mit zehn Leuten. Massengräber.«

»Massengräber?«

»Mosbach erzählt, kaum, dass sie die tiefe Grube ausgehoben haben, brachte man auch schon die ersten Toten. Vorwiegend alte Leute, aber auch Kinder, kleine Kinder, kranke Kinder.«

»Ist das dein Ernst?«

»Was sonst? Mosbach war doch dabei!«

»Komm, gehen wir! Wirst es unterwegs erzählen. Unsere Wachsoldaten zählen schon die Leute...«

Stockinger und Fuhrmann winkten Herrn Reinhold und Onkel Ferdinand zu. Sie stellten sich hinten an.

»Mit Pferdewagen fuhren sie Stroh zum Grab, viel Stroh. Sie streuten etwas Stroh ins Grab, und schon brachten sie die Toten. Die alten Weiber waren in ihre Tücher gehüllt, die Männer hatten nur noch die Hose an.«

»Mann, oh Mann! Und wer bringt die Toten an's Grab?«

»Auch Lagersleut. Männer aus dem Lager. Du weißt doch, als sie uns aus Großdorf nach Berghof hetzten. Die nicht mitkonnten, setzten sich an die

Straßengräben.«

»Ich weiß. Ich habe diese Frauen und Männer gesehen, wie sie uns traurig nachschauten, ihren hoffnungslosen Blick habe ich noch immer in der Seele. Ihre Abschiedsblicke. Andere versteckten sich hinter den Bäumen und Büschen. Jetzt wissen wir schon, was sie erwartet hat. Heute wird Mosbach wieder ein Grab ausheben. Mosbach und seine Leute.«

Eine Weile gingen sie still nebeneinander.

»Der Weg von Berghof bis an die Donau ist weit. Die Sonne scheint warm und die Toten können nicht tagelang am Weg liegenbleiben.«

»Erinnerst du dich noch an unsere Friedhöfe?«

»Gewiss erinnere ich mich. Bei uns sagte man auch Gottesacker. Die kühle Stille, Blumen auf den Gräbern, die Kastanienallee, Grabsteine, als wäre man in Gottes Nähe. Als betete dort alles die Worte: Heilige Maria, Mutter Gottes, bitte für uns, jetzt und in der Stunde unseres Sterbens. Amen. Man kam durch den Friedhof, blieb immer wieder stehen, bekannte Namen auf den Grabsteinen, bekannte Gesichter auf den Fotos, man ging mit Ehrfurcht an den Gräbern vorbei. Die heilige Stille erinnerte schon an die Ewigkeit.«

»Und jetzt schleppt man sie zum Massengrab, wirft sie in die tiefe Grube, etwas Stroh auf die Toten, etwas Erde auf das Stroh.«

Auf dem Weg war noch alles taunass und kalt. Die Gräser, Büsche, auch der Staub. Die Männer waren froh, als sie aus Berghof herauskamen. Die Wachsoldaten waren auch noch schläfrig. Langsam ging's bergauf. Als sie vom Hohlweg zu den Weingärten abbogen, empfing sie warmer Sonnenschein. Mujo stand vor den ersten Weingartenreihen und winkte den Leuten zu.

»Gut geschlafen, Leute?«

Die Männer stellten ihre Schüsseln mit dem Löffel ab. Die Partisanen suchten nach ihren Zigaretten, der Tag nahm seinen Anfang. Ein Tag wie der andere.

»Na, Ferdinand«, sagte Herr Reinhold später, »da setzen wir uns in die warme Sonne und machen uns an die Operation. Zuerst wirst du dich daran gewöhnen, dass ich dein Arzt bin.«

»Schon gut!«

»Hoch mit dem Hosenbein!«

»Na?«

»Wunderbar! Gelb wie der Raps! Ich will mal sehen, wie hart das Zeug ist. Schön ruhig, Ferdinand! Ich will mit zwei Fingern die Härte feststellen. Schön ruhig! So. Das war's!«

»Was?«

»Fertig!«

»Nee.«

»Doch! Guck mal, das Geschwür gibt's nicht mehr.«

»Danke, August! Ich hatte schon Angst.«

»Jetzt noch eine Mullbinde. So. Und nicht herumzerren an der Binde! Auch nicht kratzen!«

»Na, Ferdinand, hast's überlebt? Glück hast du,

dass Herr Reinhold bei uns ist!«

»August.«

»Können wir August sagen?« fragte Stockinger.

»Na klar, Jakob!«

Man hörte wieder nur das Platzen und Knacken der Scheren. Ludwig und Fuhrmann sammelten die Reben und trugen sie hinaus zum Fahrweg. Die Partisanen sonnten sich vor dem Winzerhaus. Mujo schritt zufrieden durch die Reihen.

»Gut, Leute! Sehr gut! Mit dem Schneiden sind wir bald fertig. Ich ließ unten im Dorf und hier oben auf dem Weinberg die Weingartenhacken zusammentragen. Die sind schon alle in der Schmiede. Ihr sollt scharfes Werkzeug in die Hand nehmen.«

Ein Tag wie der andere. Man merkte es kaum, wie die Zeit die Tage verwischte. Ab und zu fragte jemand.

»Ist vielleicht Sonntag?«

»Nicht, dass ich wüsste! Sollte schon wieder Sonntag sein?«

»Von Ungarn her weht es hie und da Glockenklang.«

»Hört ihr? Jetzt! Eine Glocke aus der Ferne.«

Ein Tag wie der andere. Die Zeit rieselte wie trockener Sand dahin. Nach elf Uhr erschien der Pferdewagen mit zwei Fass Wasser und Bohnensuppe. Mit der Zeit lernten sich die Männer kennen. Oft hörte man nur das Geräusch der Hacken. Die meisten hatten es in ihrem Blick, dass sie alle zusammengehören, dass sie sich nur aufeinander verlassen können.

»Mit der Zeit werden wir alle krätzig!« meinte ein dürrer Mann mit knochigem Gesicht. »Das sag ich euch! Bald wird da alles voll! Und die Mistviecher! Die Läuse! Sie legen ihre verdammten Eier in die Wunden! Das sage ich euch!«

»Das Wasser! Das fehlt.«

»Gewiss ist es das Wasser!«

»Trinkwasser schaffen sie uns noch herauf. Sonst? Mujo tobte gestern. Wir sollen nicht das Wasser aus der Zisterne verpantschen. Das Wasser braucht er zum Spritzen.«

»Im Sumpfwald an der Donau trinken die Leute aus den Pfützen.«

»Sie werden uns alle anstecken!«

»Das Trinkwasser ist das Wichtigste!«

Fuhrmann wischte sich den Schweiß von der Stirn.

»Seht ihr das Ross dort vor dem Wagen?«

»Ich sehe zwei«, sagte ein Dickbauch. »Einen Fuchs und einen Schimmel.«

»Schon gut. Also guckt euch mal so ein Ross an! Unser Ebenbild. Mein Ebenbild, dein Ebenbild.«

»Hört ihr das? Der Fuhrmann doziert schon wieder.«

»Du kannst mich auch anhören! Also blickt mal hinaus zum Fahrweg! Was tut so ein Ross? Es steht nur, als wäre es allein auf dieser buckligen Welt. Was gestern war, hat für so ein Ross kein Interesse mehr. Was kommt, weiß es nicht. Wohin und warum? Das weiß sein Bauer. Keine Vergangenheit, keine Zukunft, kein Gestern und kein Morgen! Das Ross macht sich keine Gedanken. Es steht nur vor dem Wagen oder läuft. Und soll sein Bauer auch noch ein Grobian sein...«

»Wir wussten schon lange, dass du ein kluger Mann bist!«

»Danke, August! Du verstehst, auf was ich hinaus will.«

»Ganz und gar!«

»Also, so hat man uns diesen Saumagen ausgeliefert. Wie das Ross dort vor dem Wagen. Das Ross will nur am Leben bleiben! Warum? Darüber macht es sich keine Gedanken. Wenn es Abend wird, wird es in den Stall geführt, nun steht es nicht vor dem Wagen, es steht im Stall, hört Stimmen von draußen, hört Geräusche. So leben auch wir, wie die Pferde.«

Man hörte wieder die dumpfen Schläge der Hacken. Dann setzten sich die Partisanen wieder auf den Wagen.

»Gidrom!« schrie der eine und schlug auf die Pferde los.

Jeder Tag wurde wärmer. Die Blütenpracht der Obstbäume verschwand schon längst mit der Zeit. Das üppige Grün der Bäume warf Schatten in die Weingartenreihen.

»Leute! Jakob hat tolle Nachrichten!«

»Tolle Nachrichten?«

»Bald gibt's reife Kirschen!«

»Reife Kirschen, mein Gott! Jakob soll diese Bäume jeden Tag inspizieren. Es gibt auch Weichsel, die früher reifen. Frühobst.«

»Was wohl unser Mujo dazu sagen wird?«

»Es wird sich schon herausstellen.«

Und auf den weiten Feldern wurde hart gearbeitet. Von der Drau bis an die Donau. Die Tage wurden länger, warm wurde es in der Gegend. Wolkenloser Himmel, die Mittagssonne brütete heiß über der Landschaft, warmer Staub setzte sich auf Gräser und Blätter.

Überall sah man nur Lagerleut auf den Feldern und Wiesen, auf den Höhen der Weinberge, Lagerleut und die Wachsoldaten mit ihren plumpen Gewehren. Lagerleut rodeten den Wald, sie arbeiteten an den Baustellen, in Ziegeleien, auch beim Straßenbau. Hie und da schepperte auch ein serbischer Bauer mit seinem Fuhrwerk vorbei...

»Ferdinand!« rief Stockinger Onkel Ferdinand nach, als es wieder bergauf ging. »Du marschierst ja vor uns wie ein Husar! Fit bist du wieder, wie ein Burschel in seinen besten Jahren.«

»Kann man sagen, kann man sagen. Und das kann ich August verdanken. Gelt, August?«

»Danke für die Blumen, alter Freund.«

»Ich habe wieder Mosbach getroffen«, sagte nach einer Weile Fuhrmann. »Mosbach ist von der kalten, kräftigen Natur. 'In letzter Zeit werde ich immer wieder weich', sagte er heute früh. 'Besonders wenn ich an das Massengrab denke. 3-4 Tote, hie und da auch ein abgeknallter Hund, dann wieder wenig Stroh über sie, eine dünne Erdschicht. Dann wieder die Toten. Ab und zu ein Hund. Diese armen Geschöpfe brachten ihre Treue ins gemeinsame Grab, treu waren sie bis in den Tod.«

»Werden die Leute von Priestern beerdigt?« fragte Herr Reinhold.

»Priester? Verscharrt werden sie.«

»Mein Gott!« seufzte Stockinger.

»Ludwig, nicht so traurig sein, du bist ja noch so jung!«

»Das kann doch nicht wahr sein!«

»Diese Saumagen! Sie erkannten uns nicht nur ihre Scheiß-Staatsbürgerschaft ab, auch alles Menschliche. Gestern brachte man ein altes Weib zum Grab. Man fand sie an der Landstraße und meinte, sie wäre schon tot. Schwarzes Zipfeltuch, schwarzer Rock, schwarze Socken. Mosbach ging mit seiner Schaufel an ihr vorbei, als er einen stillen Seufzer hörte. Er ging näher. Sie öffnete die Augen. Als wollte sie etwas sagen. Ihre Lippen bewegten sich, sie schaute nur auf Mosbach. Der Anblick der alten Frau verschlug ihm den Atem.«

»Tante Klara! Liebe Tante, ich bin's, Mosbach!« Sie nickte nur, Tränen benetzten ihr die Augen.

Er reichte nach ihren Händen, die waren aber mit einem Rosenkranz zusammengeschnürt. Ihr alter Rosenkranz! Mosbach hat ihn oft in ihrer Hand gesehen, als sie zur Messe ging und wenn sie sonntags am Nachmittag in der Kirche vorbetete.

»Liebe Tante! Meine liebe Tante! Ja, ich bin's der Mosbach.«

Sie hob kaum bemerkbar ihre Hände mit dem Rosenkranz.

»Was soll ich tun, Tante? Was soll ich tun mit dem Rosenkranz?«

Er half ihr, die Hände zu heben. Sie drückte den Rosenkranz an ihr Gesicht und küsste ihn. Die Tränen liefen ihr über's Gesicht.

»Meine liebe Tante! Ich bin da. Ich sehe und höre alles.«

Die Partisanen tollten hinter dem Leichenhaus herum. Dann hörte man Schüsse. Die Tante zuckte zusammen.

»Nicht fürchten, Tante! Die Wachsoldaten schießen die Fotos aus dem Grabstein raus.«

Sie beruhigte sich wieder. Dann reiche sie ihm den Rosenkranz.

»Soll ich ihn nehmen?«

Sie nickte.

»Wem soll ich ihn geben? Soll ich ihn jemand geben?«

Sie nickte wieder.

»Lene? Soll ich den Rosenkranz Lene, Ihrer Tochter, bringen?«

»Lene«, flüsterte sie leise, »meiner Tochter.«

Er wischte ihr die Tränen vom Gesicht, dann küsste er ihr die Augen. Es war ihm, als blickten die bekannten, lieben Augen aus weiter Ferne auf ihn zurück. Tante Klara war tot.

Er suchte reines, feines Stroh, streute es in den Graben. Sie wollte er allein beerdigen. Er stand noch lange bei ihr. Betete zur Jungfrau Maria, zur heiligen Klara, dass sie der Seele der Toten beistehen. Nachdem er mit den Männern die Tote ins Grab hinabgelassen hatte, streute Mosbach nochmals Stroh auf sie. Von den Gräbern brachte er Blumen und streute sie auf das Stroh.

Mujo erwartete die Männer wie jeden Morgen vor den Weingärten am Fahrweg.

»Was ist los, Leute, nicht ausgeschlafen?« rief er schon von weitem. »Nicht ausgeschlafen? Bald geht die Sonne auf, und ihr schlendert noch auf dem Weg herum.«

Er hatte wieder seinen grauen Schlapphut auf, einen Hut mit einem kleinen roten Stern, blaue Hose, blaue Jacke.

»Bevor ihr noch eure Hacke sucht und euch anstellt: Ich kam wieder durch die Weingärten, in denen ihr gestern gearbeitet habt. Ich bin zufrieden! Ja. Schön habt ihr das gemacht. Als hättet ihr in eurem eigenen Weingarten gearbeitet. Ich weiß jetzt schon, dass ich's mit Leuten zu tun habe, denen man nicht immer auf den Fersen sein muss. So bekommen wir auch keinen Ärger! Ich nicht und ihr auch nicht. Ich habe mir auch das Problem mit dem Frühobst überlegt. Ihr wisst, dass es hier um Kirschen und Weichseln geht. Ich hab euch versprochen, wenn ihr ehrlich arbeitet, will ich es versuchen, euer Mittagessen ein wenig abwechslungsreicher zu gestalten. Ich dachte an Kartoffeln, Nudeln, also an Essbares, das innerhalb unserer Möglichkeiten bleibt.«

»Danke!« rief Fuhrmann.

»Gestern ging ich nach der Mittagsbohnensuppe hinab ins Dorf. Man muss doch alles mit der Kommandantur besprechen. Genosse Kukan wurde immer lauter. Rasend wurde er. Er rief mir zu:«

»Bist du überschnappt, Genosse Mujo? Hört ihr das? Begünstigungen will er für seine Schwaben! Unerhört! Sie sind die Bohnen satt. Mujo! Du warst schon immer so ein Klugscheißer! Geh mal auf den Boden eines ehemaligen schwäbischen Hauses. Findest nur Bohnen. Jawohl! Verdammt viele Bohnen. Die haben immer nur Bohnen gefressen! Das sollen sie auch jetzt! Bis sie verrecken. Bohnen, Bohnen und wieder nur Bohnen. Oder sollen wir deinen Schwaben Gänseleber bringen?«

»Das hab ich nicht gesagt. Nur eine kleine Abwechslung! Kartoffeln, Nudeln, eine Tomatensuppe.«

»Nein, mein Freund! Da machen wir nicht mit! Du solltest sehen, wie sie auf dem Weinberg arbeiten.«

»Der Wein wird auch nach Belgrad geliefert. Man wird fragen...«

»Einen Dreck werden sie fragen. Also, Mujo, Bohnen, Bohnen und wieder nur Bohnen! Arbeiten sollen sie, sonst komme ich hoch und das wird diese Halunken nicht erfreuen! Sie sollen nur Bohnen fressen, das stärkt die Knochen.«

Im Osten wurde es hell. Die aufgehende Sonne belegte den grauen Himmel mit Gelb und mattem Rot.

»Nun unsere Obstbäume sind voll. Wenn ihr nicht fressgierig seid, reicht's euch. Nach der Bohnensuppe pflückt ihr euch Kirschen und Weichsel. Das reicht für einige Tage... Und noch etwas! Bald sind wir mit dem Hacken fertig. Mit einem Pferdewagen bringen sie Rechen und Blumensamen auf den Weinberg. Als ich noch ein Junge war, wollte ich schon immer einen Weingarten, wie ihn die Schwaben hatten. Bei ihnen folgte schon immer nach dem Hacken das Rechen. Wege im Weingarten, blumengeschmückte Wege. So soll es jetzt auch hier sein! Also, wenn der Wagen hochkommt mit dem Zeug, können sich 3-4 Männer an die Arbeit machen. Die Genossen sollen sehen, wenn sie hochkommen, dass wir nicht nur herumhocken.«

Gegen zehn schien die Sonne schön in voller Pracht. Hell, war's. Über der Landschaft das frische Blau des Himmels, aus der Ferne der verwischte Klang einer Glocke. Die Männer arbeiteten still in den Reihen.

»Hört ihr die Glocke aus Ungarn?«

»Meinst du?«

»Bestimmt kommt's von drüben!«

Die Sonne schien immer wärmer. Dann erblickte jemand den Wagen unten im Tal. »Herr Mujo!

Der Wagen.«

»Sehr gut! Ausgezeichnet! Die Fässer stellen wir unter die Bäume, das Werkzeug kommt hinüber zum Haus. Und wenn ihr nach dem Essen zu den Kirschbäumen geht, nicht wie Trampeltiere!«

Man wischte sich den Schweiß von der Stirn.

»Bei uns war Obst nur so eine Weibersache. Wir Männer tranken lieber unser Schnäpschen. Kirsch-, Birnen- und Zwetschkenschnaps.«

»Mensch! Pfirsichschnaps!«

»Jetzt kann ich's kaum erwarten, dass ich die erste Kirsche in den Mund nehme. Das muss ein herrliches Gefühl sein!«

»Nur dass uns nicht alles in die Hose rutscht!«

Später saßen sie alle im Schatten und verzehrten ihren delikaten Nachtisch. Am Nachmittag waren auch schon die Wege im Weingarten immer mehr zu sehen. Mujo kam auch immer wieder vorbei.

»Sehr gut! So hab ich mir schon immer einen schönen Weingarten vorgestellt. Das wird eine Augenweide sein, wenn die Blumen mit ihrer Farbenpracht die Wege säumen werden. So, so. Die Genossen werden große Augen machen.«

»Die können mich!« sagte Fuhrmann still. »Die Genossen!«

Es gab keinen Streit, keinen Ärger, die Männer arbeiteten still, ab und zu schnauften sie sich aus, und wieder das monotone Geräusch der Weingartenhacken. Männerstimmen. Ernst, traurig, manche auch gerührt, auch tief ergriffen. Sie sprachen alle nur noch von ihren Erinnerungen. Still erinnerten sie sich. Sonst hatten sie ja nichts mehr. Man hatte ihnen alles genommen. Nur die Erinnerungen blieben. Ludwig schnürte die weggeschnittenen Reben zusammen und brachte die Bündel zum Fahrweg hinaus.

»Wenn wir sterben, wenn es uns nicht mehr gibt, verschwinden auch diese Erinnerungen für immer und ewig«, sagte dann jemand.

Nach dem Abendessen stellten sie sich wieder am Brunnen an. Trinkwasser. Abwasch. Manche brachten auch ihre Wäsche mit. Die älteren Männer wurden immer stiller. Einsilbig saßen sie dort auf dem Hof der Essigfabrik. Man sah es ihnen an, dass sie mit ihren Gedanken weit weg waren.

Nach dem Abendessen setzte sich Fuhrmann zu Stockinger. Eine Weile saßen sie still nebeneinander. Guckten den Leuten nach, die vorbeikamen, dann meinte Fuhrmann. »Schau dir mal unsere Alten an!«

»Ich weiß.«

»Die sind bald am Ende! Mit der Träumerei ist es aus und vorbei. Sie wissen es, fühlen es, dass sie aus dieser Hölle nicht mehr rauskommen.«

»Hast den neuesten Fall gehört? Der kleine alte Mann, der seine frische Wäsche immer mit hatte?«

»Ja, ja. Sibirien.«

»Genau. Er muss nicht mehr nach Sibirien. Selbstmord. Er sprang vom Kirchturm.«

»Mein Gott!«

»Leider verliert auch Onkel Ferdinand immer mehr seine innere Kraft. Er sagt es nicht, aber schau ihm einmal in die Augen! Die einst so klugen, witzigen Augen starren matt vor sich hin.«

»Bemerke ich schon!«

»Dass Tante Resi nicht bei ihm ist, bringt ihn immer mehr zur Verzweiflung.«

»Die Aussichtslosigkeit verzehrt die Kraft der Alten.«

»Wir sollten mit August sprechen!«

»Ich werde es morgen versuchen.«

Dann hörte man die Rufe der Partisanen.

»Unutra! Unutra! (Hinein!)«

Onkel Ferdinand lag schon auf seinem Strohlager. Ludwig auch. Bald erschien auch Herr Reinhold. Still war's im Raum. Später schepperte auf der Gasse ein Motorrad vorbei.

»Wieder ein Tag vorbei, ein Tag in der Hölle!« sagte Herr Reinhold still.

»Lieber Gott! Was kommt noch für uns, wie viel Tage erleben wir noch?«

Der schwere Tag schläferte die Leute ein. Der Wachsoldat machte wieder seine Runde auf dem langen Gang. Ab und zu blieb er vor dem Fenster stehen, dann hörte man wieder seine schweren Schritte. Herr Reinhold vernahm noch die Melodie, die der Partisan vor sich hersummte, dann wurde es wieder still. Vor dem Fenster, das auf die Gasse hinausging, blieben Männer stehen. Ihr Serbisch fiel durch die zerschlagenen Fensterscheiben in den Raum. Herr Reinhold wollte sie nicht behorchen, aber ihre Worte, ihre Stimmen drangen in den Raum. Er merkte es kaum, als später die junge Partisanin mit ihrer Laterne in den Raum trat. Sie hob die Laterne höher.

»So«, sagte sie dann. »Alle hier?«

»Jawohl!« brummte Fuhrmann vor sich hin.

»Ja, dort die Ecke mit Opa und Enkel. Warum willst du nicht schlafen?«

»Liebes Fräulein!« setzte sich Herr Reinhold auf einen Ziegel, der sein Strohlager abgrenzte.

»Ich Drugarica (Genossin). Drugarica Cvetla. Und du?«

»Ich heiße Reinhold.«

»Schöne Namen! Ist drin rein! Sehr gut! Reinhold. Nicht sauber, rein!«

»Wir sprechen alle Serbisch. Warum sprichst du Deutsch? Deutsch ist doch jetzt ziemlich verhasst.«

»Ich will in Universität studieren. Ärztin. Verstehen?«

»Du bist ein gescheites Mädchen, Cveta!« lächelte ihr Herr Reinhold zu.

»Ich bin Soldat.«

»Mein Gott, liebes Mädchen, wozu das?«

»Wir kämpfen für Gerechtigkeit, sozialistische Gerechtigkeit. Und was ihr gemacht?« fragte sie unerwartet.

»Mensch, Menschenskind! Du siehst es doch, was wir machen.«

»Nicht jetzt, früher. Warum habt ihr diese harte Strafe?«

Eine Weile war's still, dann fragte sie wieder: »Was habt ihr angestellt, was habt ihr verbrochen?«

»Verbrochen? Mein Gott! Lieber Gott! Wir haben gearbeitet. Am Morgen schon früh angefangen. In aller Herrgottsfrühe angefangen und abends ging's dann auf dem holprigen Weg nach Hause.«

»Aber was habt ihr angestellt?«

»Wir bestellten unsere Felder, Weingärten, wir hatten Pferde, Kühe, Schweine im Stall, lebten in unseren Häusern.«

»Sonntags holte man die Feiertagskleider aus dem Schrank. Man ging jeden Sonntag zum Hochamt. Orgelmusik, die uns aus der Alltäglichkeit führte, man dachte nicht mehr an die Tage, die voller Mühen vergangen waren. In der Kirche hatte man es mit viel wichtigeren Gedanken zu tun. Und am Sonntagabend hatten wir's schon wieder mit der schweren Arbeit zu tun. Ein Tag wie der andere. Die Monate und Jahre zogen fast unbemerkt dahin, unbemerkt an uns vorbei.«

»Bože moj! (Mein Gott!)« sagte sie still. »Uns sagt man Tag für Tag, wir bewachen gefährliche Faschisten und Verbrecher.«

Als sie ihre Laterne hob, standen Tränen in ihren Augen.

»Jetzt schlaft aber! Bald dämmert es.«

Sie lagen noch lange wach. Still war's. Nur Onkel Ferdinand rührte sich. »Ludwig!« sagte er leise. »Ist was passiert, mein Junge?«

»Nein, alles schläft.«

In der Ecke wurde es auch still. Die Männer lagen auf ihrem Stroh, und im Traum hörten sie Cvetas milde Stimme, als hörten sie ihre Liebenswürdigkeit, es war ihnen, als hätte das Mädchen ihre Schönheit zurückgelassen, vergessen im Raum des Elends.

Es war eine kurze Nacht. Nur Onkel Ferdinand rumorte gegen Morgen herum. Er musste immer wieder hinaus.

»Wohin, wohin alte Mann?«

»Ich muss.«

»Du schon wieder, du warst doch schon!«

»Wenn du so alt wirst wie ich, wirst du im Laufschritt im Häuschen verschwinden.«

»Ist gut, alte Mann! Geh!«

Die anderen erwachten still. Als wollten sie auf ihrem warmen Stroh bleiben, als suchten sie nach etwas in ihren Gedanken.

»Auf, Leute. Bald schreien sie zum Fenster rein.«

Um vier machten sie ihre Lagerstätten, suchten Schüssel und Löffel, und der Tag nahm wieder seinen Anfang, kühl und schläfrig.

»Hajde!« riefen die Wachsoldaten.

»Idemo!« (Wir gehen!)

Unterwegs wurde kaum geredet. Man ging nur auf dem staubigen Fahrweg. Auf den Blättern der Hecken schimmerte noch Tau. »In unseren Weingarten führte auch ein Hohlweg«, sagte eine matte Stimme.

»Wer wohl auf unseren Feldern arbeitet?«

»Wer auch immer!«

Die Sonne schien schon warm, als die Leute den Geländewagen bemerkten. »Ludwig, geh und suche Mujo! Dort unten im Tal kommt ein Wagen.«

Mujo saß mit seinen Papieren im Haus.

»Na, Ludwig! Was ist los?«

»Die Leute schickten mich. Ich soll Herrn Mujo sagen, es kommt ein Auto vom Dorfe her.«

»Ein Auto?«

»Unten im Tal.«

»Also, unten im Tal. Wollen wir mal sehen! Ich bringe mein Fernglas.«

Die Männer stützten sich auf ihre Hacken und blickten ins Tal hinab.

»Die Genossen! Wir bekommen Besuch, Leute. Ihre Neugier hat sie nicht ruhen lassen.«

Nach einer Weile hörte man auch schon das Gebrumm, dann das betäubende Hupen. Drei Partisanen stiegen aus dem Auto. Ein Dürrer stolperte mit seinen großen Stiefeln über die frischen Wege.

»Genosse! Du machst uns mit deinen Stiefeln alles kaputt!«

»Meinst du mich?«

»Gewiss! Komm schön zurück auf den Fahr-weg!«

Der Hagere machte seine Pistolentasche frei.

»Weißt du, wer ich bin?«

»Keine Ahnung!«

»Dann verzeih ich dir diesen Ton. Ich suche den Leiter, Genossen Branković.«

»Den hast du vor dir. Mujo Branković, Offizier der Volksbefreiungsarmee. Man hat mich in die Weinberge der Landschaft bestellt.«

»Das freut uns! Sehr gut! Nun, Genosse Branković, wir wollen deinen Schnaps verkosten.«

»Meinen Schnaps? Leider habe ich keinen Schnaps.«

»Du willst uns einfach reinlegen! Nein, das meinst du nicht ernst!«

»Doch!«

Die Wachsoldaten rührten sich unter den schattigen Kirschbäumen und kamen näher.

»Uns wurde mitgeteilt, dass du, Genosse Branković, dass du feinen Obstschnaps für die Genossen in Belgrad aufbewahrst.«

»Sollte ich nicht?«

»Wo hast ihn versteckt?«

»Von Verstecken ist hier überhaupt keine Rede.«

»Kommt, Genossen! Wir werden sehen. Ja-wohl!«

Sie gingen dem Winzerhaus zu. Es wurde heftig diskutiert.

»Du wirst mir nicht vorschreiben, was ich trinken soll!« schrie der Hagere. »Du nicht! Diese Pulle hier nehmen wir auch noch mit! Jawohl!«

»Pulle, meinst du? Da gibt's ja überhaupt keine Pullen! Hast dich schön vollgesoffen! Das ist eine Korbflasche!«

»Darauf puste ich! Her mit der Flasche oder du bist des Todes!«

»Du Mistsau! Raus, alle drei! Seid ihr taub? Raus!«

»Raus mit den Pistolen, Genossen!«

Mujo trat zurück, als wollte er die Korbflasche holen, doch hatte er eine russische Maschinenpistole in der Hand. Dann knatterte alles. Mujo ballerte mit der Maschinenpistole in die Luft.

»Und jetzt macht euch aus dem Staub! Dass ich euch nie wieder hier sehe! Mistschweine!«

Es knatterte nochmals, Schüsse pfiffen in die Höhe, Vögel schwirrten vorbei.

Später kam der Pferdewagen hoch. Bohnensuppe, Trinkwasser.

»Alles in Ordnung?« fragte Mujo die Soldaten, die die Bohnensuppe verteilten.

»Wie immer«, sagte ein kleiner, dürrer Mann mit einer großen Partisanenkappe auf dem Kopf.

»Und die Kommandantur? Haben Sie nichts mitgebracht? Haben sie nichts mitgegeben?«

»Nichts.«

Mujo saß den ganzen Nachmittag vor dem Haus auf einem alten Stuhl. Die Maschinenpistole hatte er bei sich, ab und zu guckte er mit seinem Fernglas zum Dorfe hin.

Gegen Abend ging Fuhrmann zu Mujo.

»Herr Mujo, sollen wir uns nochmals anstellen?«

»Anstellen? Warum fragst du?«

»Es dämmert schon bald, Herr Mujo.«

»Schon gut. Dann ruht euch aus!«

»Herr Mujo, wir haben alles gesehen. Wir hätten Ihnen gern geholfen. Den Saumagen hätte ich allein erwürgt!«

Mujo blieb noch zurück, als sich die Wachsoldaten mit den Männern auf den Weg machten. Bergab. Berghof zu. Müde waren sie wieder. Es wurde kaum geredet, nur die schweren Füße hoben sich.

»Wars wieder ein schwieriger Tag!«

»Bestimmt! Ein Durcheinander, zum Kotzen!«

»Ich wäre am liebsten schon unter meiner verlausten Decke.«

»Mir würde die Bohnensuppe auch nicht fehlen. Da quält sich noch ein Auto hoch!«

»Genau!«

»Ein Geländewagen.«

Hupen. Staub.

»Menschenskind! Der Kukan sitzt im Wagen!«

»Kukan?«

»Bestimmt! Ich bin doch nicht blind!«

Der Fahrer war ein Vollbart mit wildem Blick.

»He, du da!« rief er einem Wachsoldaten zu. »Wo ist Branković? Oben?«

»Ja.«

Der Geländewagen schnurrte eine Weile, dann kam mit einem Ruck wieder alles in Bewegung. In der Luft segelten Gelsen vorbei, im Westen nahm der Himmel Orangen gelb an.

»Was soll das ständige Hin und Her?« meinte Onkel Ferdinand.

»Besonders, wenn auch Kukan mitmacht!«

Der Geländewagen erreichte mit lautem Hupen die Männer. Die Männer blieben stehen.

»Stoj, stoj! (Halt, Halt!)« schrie Kukan, der allein auf dem Rücksitz saß.

»Mein Gott!« seufzte eine Männerstimme »Der Mujo!«

Der saß dem Fahrer zur Seite. Er hatte seinen grauen Schlapphut auf, den Schlapphut ohne roten Stern.

»Sie haben ihm Handschellen angelegt!«

»Das kann doch nicht wahr sein!«

Mujo hob seine Hände etwas höher.

»Handschellen!«

Auf dem Rücksitz lagen die russischen Maschinenpistole von Mujo und die Korbflaschen mit dem Schnaps.

»Schaut euch diesen Verbrecher an!« schrie Kukan aus voller Leibeskraft. »Den Vertreter unserer gerechten Sache!«

»Er ist kein Verbrecher!« sagte ein alter Mann. Dicke, graue Augenbrauen, weiches, weißes Haar.

115

»Wie heißt du? Deinen Namen. Jetzt habe ich keine Zeit mit dir herumzufummeln. Name?«

»Anton Schleier.«

»Sehr schön, Schleier! Sehr schön. Ich werde mir noch Zeit nehmen. Das verspreche ich dir! Nun fahren wir! Branković, warum hebst du fortwährend deine Hände?«

Mujo stand auf. Zuerst blickte er zu Kukan, dann zu den Männern, die um den Geländewagen standen. Der Wagen setzte sich wieder in Bewegung. Es ging bergab auf dem Hohlweg. Staub, dicker Staub und Gelsen.

Bei den Kesseln war reges Hin und Her. Die Leute saßen auf der Erde mit der Schüssel auf dem Schoß. Mit dem Löffel suchten sie nach Bohnensuppe. Partisanen eilten vorbei. Hie und da machten sie sich auch lustig. Allmählich ließ sich der Abend über Berghof nieder. Die Essigfabrik lag schon im Dunkeln. Nur von der Gasse fiel etwas Licht durch's Fenster.

Onkel Ferdinand zog sich gleich in seine Ecke zurück.

»Guck mal unseren Ferdinand« bemerkte nach einer Weile Stockinger.

»Bei uns Herren, bei uns Vornehmen würde man sagen, Herr Mayer hat sich schon in seine Ecke zurückgezogen.«

»Ich will nur noch schlafen! Der heutige Tag hat mich ganz und gar kaputtgemacht.«

»Was soll mit unserem Mujo los sein?«

»Was können wir von ihnen erwarten, wenn sie auch ihre eigenen Leute so behandeln? August, schläfst du schon?«

»Schlafen? Nein.«

»Ein sehr trauriger Tag für uns alle! Was meinst du, August?«

»Sehr traurig!«

Der Partisan klopfte an's Fenster.

»Schlafen! Warum du nicht schlafen?«

»Du kannst mich!« rief Stockinger.

»Was sagen du?«

»Ein schöner Gruß an dich. Ein vornehmer Gruß.«

»Ist gut. Schlafen.«

Es wurde wieder still. Onkel Ferdinand schnarchte auch wieder, dann setzte er sich auf.

»Verdammte Läuse! Verdammtes Geziefer! Nicht einmal schlafen lassen sie uns!«

Von der Gasse fiel schwaches Licht durch die Fenster. Draußen vor der Tür stand der Partisan.

»Kuda, Deda? (Wohin geht's Alter?)«

»Ich muss.«

»Schon wieder du? Komm, suchen wir Häuschen! Morgen muss nicht um vier Uhr aufstehen.«

»Um halb vier?«

»Nicht. Wird Einbrennsuppe um zehn.«

»Um zehn Uhr? Das kann doch nicht wahr sein! Du willst mich wohl reinlegen.«

»Ich sagen die Richtigkeit.«

»Du bist ein guter Partisan!«

»Wir alle gut! Weißt du, morgen ist Sonntag.

Kommandant Kukan wird machen Freitag. Ostern wird er machen.«

»Was?«

»Um zehn Uhr gute Suppe.«

»Einbrennsuppe.«

»Ja. Und dann alles auf dem Marktplatz.«

»Und was sollen wir auf dem Marktplatz machen?«

»Ist Geheimnis!«

»Und bis zehn Uhr?

»Schlafen, Wäsche waschen. Du setzt dich in die Sonne und fangen Läuse.«

»Meinst du?«

»Ich meinen. Jetzt aber schlafen! Ist noch Zeit, viel Zeit.«

Um zehn wimmelte es in Berghof.

»Wie ein Jahrmarkt.« sagte Herr Reinhold. Er saß unter einem alten Kastanienbaum und wischte mit Gras in seiner Schüssel herum.

»Ist heute überhaupt Sonntag?«

»Keine Ahnung.«

»Die Tage vergehen, ohne dass wir es bemerkt hätten.«

Der Marktplatz war von Partisanen umstellt. Sie standen dort mit ihren Gewehren, Handgranaten und Spürhunden. Vom Gerüst schrie ein Partisan mit greller Stimme. »Setzen! Alle setzen! Nicht warten! Setzen. Hier vorne anfangen und setzen!«

»Bleiben wir nicht so nahe beim Gerüst!«

meinte Fuhrmann. »Dort hinten unter den Bäumen finden wir schon noch ein Plätzchen.«

»Gut. Bis sie uns nicht verjagen, bleiben wir dort bei den Birken.«

»Habt ihr nicht meine Resi gesehen?« fragte Onkel Ferdinand.

»Nicht gesehen. Es ist aber möglich, dass sie auch hier auf dem Marktplatz ist.«

»Ludwig!«

»Ja, Onkel Ferdinand.«

»Könntest eine kurze Ausschau halten, mein Junge. Vielleicht siehst du die Tante. Wir warten dort bei den Birken.«

»Ja, Onkel Ferdinand.«

Die Partisanen brachten immer mehr Leute auf den Marktplatz. Die meisten waren nur noch barfüßig. Ihr Schuhwerk hatten ihnen die weiten Wege, Steine und Regen von den Füßen genommen. Junge Frauen mit ihren Kindern, alte Leute.

Ludwig blieb stehen. Es war ihm, als hörte er Tante Resi. Sie war es aber nicht.

»Ist da jemand aus Schilfbach, Leute?«

»Ja, hier.«

»Ich suche die Nani. Die Reder Nani.«

»Ist nicht hier. Sie ist in der letzten Nacht gestorben.«

»Mein Gott! Die Nani!«

»Sie war schon krank. Sie hatte es mit ihren Füßen zu tun.«

»Lieber Gott!«

Ludwig ging weiter. Die meisten schauten gespannt zum Gerüst hinüber. Was wohl kommen mochte, wusste niemand.

Tante Resi traf Ludwig weit weg vom Gerüst.

»Ludwig!« sagte sie leise, als er an ihr vorbei wollte.

»Tante, liebe Tante! Onkel Ferdinand hat mich geschickt, damit ich Tante suche.«

»Ist er gesund?«

»Tante Resi soll mitkommen, hat er gesagt. Sie warten dort hinten bei den Birken auf uns.«

»Das geht aber nicht! Unser Partisan sagte eben, wer sich von der Gruppe entfernt, wird erschossen. Ist Onkel Ferdinand gesund, mein Kind?«

»Traurig ist er. Auch wortkarg. Onkel Fuhrmann meint halt, Onkel Ferdinand wäre jeden Tag greisenhafter.«

»Komm! Ich muss zu ihm!«

Zum Glück brachten sie noch immer Lagerleut. Hunderte saßen schon auf der Erde und warteten.

»Guck mal, Ferdinand!« lächelte ihm Herr Reinhold zu. »Unser Ludwig hat wieder prima Arbeit geleistet.«

»Resi! Liebe Resi!«

Sie umarmten sich und weinten still vor sich hin.

»Da bin ich, Ferdinand! Seid ihr noch in der Essigfabrik?«

»Nur du fehlst uns allen!«

»Jetzt darfst du nicht mehr den Mut verlieren, Ferdinand!« kam auch Stockinger näher. »Denke immer daran, Ferdi, dass wir beide nochmals nach Hause kommen. Wir werden wieder im Garten sitzen, in unsrem Garten, dort unter den Bäumen.«

»Wohin hat man dich eingeteilt?«

»Bis gestern war es der Fischteich.«

»Fischteich?« machte Stockinger große Augen. »Das ist ja wunderbar.«

»Dort schwimmen aber nicht nur Fische. Schafe, Kälber, auch Schweine. All das haben sie noch im November in den Teich geschossen. Alles verwest, verfault! Alles zum Kotzen! Der süßlich üble Geruch! Und wir stehen dort im seichten Wasser mit unserem Fischhaken in der Hand und ziehen all die Grausamkeit ans Land.«

»Oh, mein Gott!«

»Kann man das aushalten?«

»Ruhe, der Mistkerl kommt jetzt auf sein Gerüst!«

»So ein Schwein!«

»Resi, Sie sollten zurück zu Ihrer Gruppe!« meinte Herr Reinhold.

»Wenn die es merken, dass Sie sich entfernten...«

»Geh nur, Resi, Herr Reinhold hat recht.«

Auf dem Marktplatz wurde es auf einmal still. Die Herzen klopften lauter, gespannt blickte man zum Gerüst.

»Herhören!«

Kukan stand in glasgrüner englischer Uniform auf seinem Gerüst. Er ging einige Schritte. Es war ganz still. Nur einige Frauen weinten still und bitter.

»Eure Pfarrer machten euch in der Karwoche immer etwas vor. Heuchler und Betrüger waren sie. Sie wollten, dass ihr fastet und jammert, dass ihr euch über Leid und Qual Gedanken macht. Leiden war für sie nur ein leerer Begriff. Sie sprachen von der Leidensgeschichte und hatten keine Ahnung! So einen Betrüger schnappten wir uns. Er soll euch die Leidensgeschichte miterleben lassen. Die Passion, wie man in der Kirche sagt. Gut, was? Ihr braucht nicht zu glauben, dass ich ein ungebildeter Klotz bin, ich lernte in Österreich in einer Klosterschule. Nun wollen wir uns die Passion angucken. Bringt den Hocker!«

Ein Partisan eilte mit einem Hocker herbei.

»U sredinu! (In die Mitte!), damit es alle gut sehen! Dovedite popu! (Bringt den Pfaffen!)«

Gespannte Stille. Die Augen richteten sich auf das Gerüst.

»Mein Gott!«

»Sei uns gnädig!«

Die Partisanen brachten den Mann im schwarzen Priesterrock auf das Gerüst. Sie führten ihn ganz an den Rand.

»Pfaffe! Da sitzt dein Kirchenvolk! Sie wollen deine Worte hören, Pfaffe! Was willst ihnen verkündigen?«

Das blutige Gesicht blieb still. Nur ein qualvolles Lächeln huschte am Gesicht vorbei. Dann hob er langsam, sehr langsam seinen rechten Arm und machte das Zeichen des Segens. Der Kommandant betrachtete mit spöttischem Blick die Qual des Priesters. »Na, so. Jetzt bist du überhaupt nicht redselig. Wir haben einen Hocker für dich organisiert. Komm, setz dich! So, so. Macht ihm den Oberkörper frei! Reißt ihm die Kutte vom Oberkörper!«

Der Priester machte eine schwache Handbewegung.

»Schon gut. Du willst nicht. Diese Burschen werden dir auch das Hemd vom Körper reißen. Christus habt ihr ja auch so auf euren Kirchenbildern dargestellt. Ja, ja. Ich kann mich noch erinnern.«

Er gab seinen Soldaten ein Zeichen.

»Kutte und Hemd runter! So. Wir haben unter den Wachsoldaten einen Spezialisten. Er durchschneidet die Kehle einer Ziege mit einem einzigen Ruck. Da haben wir ihn schon. Može! (Es kann losgehen!)«

Der Riese stellte sich mit seinem Klappmesser hinter den Hocker. Die Schüssel mit dem feinen Salz stellte er zu seinen Füßen. Der Priester hatte seine Augen geschlossen. Dann zuckte er heftig, er wollte schreien, sein Mund bewegte sich aber nur lautlos. Der Riese schnitt eine scharfe Wunde in seinen Rücken. Aus der Wunde quoll dunkles Blut. Ganz vorn, in der Nähe des Gerüstes, sprang ein junger Mann auf. Kleiner Schnurrbart, helle Stimme. »Was macht ihr! Verbrecher, Halsabschneider, Schweine!«

»Wer bist du?« kam Kukan bis an den Rand des Gerüstes. »Wie heißt du?«

»Also, willst du wissen, wie ich heiße!«

»Das habe ich gefragt!« Er nahm seine Pistole aus der Pistolentasche.

»Eduard Hofbauer.«

Der Riese wischte sein Messer am Priesterrock ab. Er beugte sich und nahm Salz in die Hand.

»Mein Gott!« stammelte der Priester.

»Čekaj! (Warte!)« sagte der Kommandant. »Herhören! Herhören, du Klugscheißer! Komm hoch! Du sollst zu mir kommen! Komm, komm, sonst holen wir dich! Du weißt, dass meine Soldaten nicht zimperlich sind!«

Hofbauer stieg auf das Gerüst. Das Rot erblasste in seinem Gesicht.

»Schön! Du hast viel Mut! Nimm das Messer. Mach dich an den Rücken des Pfaffen! Du wirst noch freie Stellen finden. Daj mu nož! (Gib ihm das Messer!) Ja, und dann mit Salz bestreuen.«

Hofbauer nahm das Messer.

»Also, los, Hofbauer!«

»Nein! Du mieses Schwein!«

»Zurück, Hofbauer!«

Das lange Messer blitzte auf. Drei Schüsse hämmerten in die Stille. Hofbauer fiel zu Boden. Das Messer klirrte auf den Brettern. Dann fiel auch der Priester vom Hocker. Kukan kam nochmals auf das Gerüst. Still war es auf dem Marktplatz. Kukan ließ seinen Blick über die Leute streifen.

»Herhören, faschistisches Gesindel! Ich will euch noch etwas sagen! Verstanden? Ihr nehmt jetzt eure Schüssel und Löffel und verschwindet. Geht mir aus den Augen! Geht auf den Platz vor der Kommandantur. Dort bekommt ihr euer Mittagessen, dort werdet ihr euer Festmahl einnehmen. Nach dem Essen geht ihr zurück in euer Lagerhaus, setzt euch in die Sonne, veranstaltet eine feierliche Lauserei! Strengstens verboten, auf die Gasse zu gehen!«

»Was fehlt dir denn, Jakob?«

»Warum fragst du?«

»Du bist auf einmal so wortkarg!«

»Mir ist, ich bin übergeschnappt! Ich kann's nicht mehr aushalten!«

»Mensch, Jakob! Das wollen doch diese Wüstlinge! Vom ersten Tag an, als sie uns in die Lager steckten. Sie wollen uns krank machen, sie wollen uns in den Wahnsinn hetzen. Habt ihr das noch nicht bemerkt? Man muss sich nur unsere Gesichter anschauen. Zum Glück haben sie uns auch die Spiegel abgenommen. Den Wahnsinn erblickt man nur im Gesicht der anderen und merkt es nicht, dass wir mit der Zeit alle wahnsinnig werden. Schmerz und Trauer setzen sich auf unsere Gesichter. Matte Augen, glanzlose Augen. Diesen seelischen Vorgang wollen sie beschleunigen. Sie wollen deinen inneren, seelischen Halt zerrütten. Sie wollen uns einen einzigen Gedanken in die Seele schmuggeln: Gib auf, es hat keinen Sinn mehr zu hoffen!«

»Ich halte es für Gottes Gnade, dass ihr meine Gefährten seid. Also, wir dürfen diese Typen nicht an unseren inneren Halt heranlassen.«

»Aber du siehst doch, was sie tun. Wie lange können wir noch die Last der Grausamkeiten tragen, wie lange noch ertragen?«

»Was sagte Jesus zu seinen Jüngern? Fürchtet euch nicht, ich bin mit euch, ich bin bei euch.«

»Na, ja.«

»Er ist auch bei dir, in deiner Seele, wenn du zurückgezogen still betest, wenn du in deiner Seele still ein Lied erklingen lässt, ein Volkslied, ein Kirchenlied, das deine schönsten Erinnerungen bewahrt.«

»Schön sagst du das, August, sehr schön!«

Onkel Ferdinand blieb stehen.

»Kommt doch, beeilt euch! Am Ende werden wir vor den leeren Kesseln stehen!«

Ludwig eilte herbei.

»Ich war auf dem Platz vor der Kommandantur. Sie essen schon!«

»Na, was essen sie, mein Junge? Hast gesehen, was sie essen?«

»Bohnensuppe.«

»Bohnensuppe?«

»Ja.«

»Der Blödmann hat doch gesagt, dass uns ein Festmahl erwartet.«

»Du wirst doch nicht diesem Lügner glauben?«
Onkel Ferdinand stellte sich nicht an.

»Reich schon deine Schüssel, Opa, oder stehst nur so herum?« herrschte ihn die Frau mit dem großen Schöpflöffel an. Groß war sie, ein knochiges Weibsbild. »Keine schönere Schüssel gab's nicht bei euch zu Hause? Her mit der Schüssel! Was stehst noch immer hier herum? Lass auch die anderen näher!«

»Ich will nur fragen, ob am Schluss auch noch etwas in Ihrem Kessel bleibt.«

»Was? So ein unersättlicher alter Mann! Verschwinde! Mach, dass du wegkommst!«

Onkel Ferdinand blickte nochmals zum Kessel zurück und setzte sich dann unter einen Baum. Ausdruckslos schaute er den Leuten nach, als wäre er weit weg von diesem Platz, von den Leuten, von Berghof, von der ganzen Welt. Ludwig setzte sich zu ihm, guckte wortlos vor sich hin.

»Ludwig, was willst denn?«

»Nichts. Ich habe nur gesehen, dass Onkel Ferdinand allein da sitzt.«

»Das hast du gesehen. Geh nur zu den anderen! Ich will allein bleiben.«

Ludwig nahm seine Schüssel und den Löffel und schlenderte zu den anderen.

»Warum hast den Onkel allein gelassen?«

»Er hat mich weggeschickt.«

»Das hat er?«

»Er will allein sein.«

»Hast ihn gern, Ludwig?« fragte nach einer

Weile Herr Reinhold.

»Sehr. Onkel Ferdinand ist ein sehr guter Mensch. Und jetzt sitzt er dort allein!«

»Nicht weinen! An die Reihe kommen wir schon alle! Wann und wo, wissen wir noch nicht, aber dass wir alle drankommen, ist klar. Man soll nicht naiv sein! Heute hat's den Priester und einen jungen Mann getroffen, morgen kann es auch unser Schicksal sein.«

»Wir dürfen Ferdinand nicht allein lassen«, meinte Fuhrmann. »In kurzer Zeit wurde aus diesem tatkräftigen, tatenfrohen, gescheiten Mann ein saurer, weltfremder Greis. August! Dich ehrt er. Sprich ihn doch an!«

»Ich weiß nicht... Es wird immer schwieriger mit ihm. Hose und Hemd schlottern bei ihm nur noch! Wir könnten ihn nur noch mit Speise aufpäppeln.«

»Soll ich zu ihm gehen?« fragte Ludwig.

»Tu das nicht, mein Junge! Es hilft nicht.«

»Soll er vor unseren Augen zugrunde gehen?«

»Ich weiß nicht, ob ihr's bemerkt habt. Als wir gestern auf dem Weinberg waren, suchte er am Wegrand nach Sauerampfer.«

»Zuerst gehen wir in die Essigfabrik zurück. Kommt! Ferdinand, komm, wir müssen in unser Lagerhaus zurück.«

Onkel Ferdinand nahm Schüssel und Löffel.

»Geht nur, ich komme schon.«

»Ich würde Onkel Ferdinand gern helfen«, sagte Ludwig unterwegs.

»Du?« fragte Herr Reinhold. »Wie denn? Komm näher, mein Junge. So.«

Die Männer blieben stehen. Sie blickten auf Ludwig, als wäre er schon erwachsen.

»Hier in der Nähe ist Sóskút. Bei uns sagten die Leute Salzbrunn. In Salzbrunn wohnten nur Ungarn.«

»Stimmt. Von diesem Dorf hörte man auch bei uns«, meinte Herr Reinhold.

»Einmal war ich mit Opa in Sóskút bei Onkel Miska. Er war mit Opa im Ersten Weltkrieg an der russischen Front. Ich könnte es versuchen.«

»Gut, gut, aber was willst du versuchen?«

»Hinter den Pferdeställen sind zwei Latten locker. Jenseits des Zaunes ist alles verwahrlost. Büsche, Hecken, knorrige alte Bäume, Brennesseln, allerlei Unkraut, Schlingkraut. Alles dicht, alles grün.«

»Und Wachsoldaten!« guckte Fuhrmann auf Ludwig.

»Partisanen habe ich dort noch nie gesehen.«

»Und?«

»Ich könnte es dort bei den losen Latten versuchen. Im Gestrüpp könnte ich abwarten, ob dort Partisanen vorbeikommen. Hoffentlich nicht, und in meiner besten Hose, die ich noch im Rucksack habe, schleiche ich hinaus auf den Fahrweg Richtung Sóskút.«

»Aber was soll das Zeug?«

»In Sóskút suche ich Onkel Miska. Er wohnt

bei der reformierten Kirche, ganz in der Nähe. Ich will Onkel Ferdinand etwas zum Essen mitbringen.«

»Jetzt bist auch du schon übergeschnappt!«

»Das kannst du nicht, das darfst du nicht! Gerade jetzt in diesem Durcheinander!«

»Ludwig, es ist zu gefährlich!«

»Ich muss es versuchen!«

Der weite Hof war voller Leute. Die Leute standen herum, es wurde aber kaum geredet. Der elende Tod des Priesters und des jungen Mannes nagte an ihren Seelen und Herzen. Immer wieder sah man Tränen in den Augen, Tränen mit der bangen Frage, was wird mit uns, wie soll's mit uns weitergehen. Ludwig setzte sich auf die Treppe zu Onkel Ferdinand.

»Bist du aber fesch in dieser Hose!«

»Onkel Ferdinand, die anderen warten auf Onkel Ferdinand auf ihrem Strohlager.«

»Danke, Ludwig! Ich werde gleich kommen. Die Hose hättest aber nicht anziehen müssen. Da ist doch alles Staub und Dreck! Bleibst noch auf dem Hof?«

»Ja.«

Ludwig schlenderte eine Weile auf dem Hof herum, dann ging er hinter die Pferdeställe. Gespannt lauschte er in die Stille. Es blieb aber alles still. Er griff nach den losen Latten und war auch schon im dichten Grün. Nichts rührte sich. Nur Vögel im Geäst der alten Bäume. Er wollte schon aufstehen und durch das Dickicht hinaus auf den Fahrweg gehen. Er wollte es, aber die Angst lähmte ihm alle Glieder.

»Lieber Gott!«

Aus einem dichten Busch starrten ihn zwei Augen an. Ausdauernd. Durchdringende Blicke! Ludwig hob seinen Kopf, blickte in die Augen und sagte leise: »Dobar dan! (Guten Tag!)«

Die Augen rührten sich. Dann hörte Ludwig Knurren.

»Du bist ja ein Hund!«

Ludwig versuchte es deutsch mit dem Hund. »Komm schön, Hund. Bist du der Waldi, vielleicht auch der Wolfi?«

Der Hund kroch näher. Er schaute Ludwig in die Augen, als wollte er etwas sagen. Seine Pfoten legte er Ludwig auf den Arm, dann kam er noch näher, schleckte Ludwig ins Gesicht, Ludwig streichelte den Hund.

Die Sonne schien schon vom westlichen Himmel auf das Gestrüpp. Der Fahrweg schlängelte Richtung Sóskút. Ab und zu fuhr auch ein Pferdewagen an ihnen vorbei. Der Hund bellte den Pferden nach, dann lief er wieder Ludwig nach.

»So, mein Hund! Bald sind wir in Sóskút. Dort wird Onkel Miska auch dir etwas zukommen lassen.«

»Jetzt aber still!« sagte Ludwig, als er die Partisanen mit ihren Fahrrädern erblickte.

»Stoj!« Sie stiegen von ihren Fahrrädern. »Kuda?«

Als sie hörten, dass Ludwig ein tadelloses Serbisch sprach, veränderte sich ihr harter Ton.

»Ich gehe nach Sóskút.«

»Warum sagst du Sóskút? Das Nest hat auch einen normalen serbischen Namen. Was suchst du dort?«

»Ich gehe zu meinem Großvater. Ich muss helfen.«

»Wie alt ist der alte Scheißer?«

»Über achtzig.«

»Und der Hund? Vielleicht ein Schwabenhund?«

»Nein. Ein ganz normaler Hund.«

»Na und du? Wie heißt du?«

»Mirko. Mirko Radisavlević.«

»Was wirst du bei deinem Alten helfen?«

»Holzspalten. Etwas im Garten.«

»Sollten wir nicht den Hund abknallen?«

»Nein, nein! Das ist mein Hund!«

»Schon gut!«

Der Abend lag schon hinten in den Gärten, als Ludwig mit dem Hund an den ersten Häusern vorbeikam. Die Salzbrunner Hunde hatten es auch bald mitbekommen, dass ein Eindringling über die Gasse lief. Lautes Gekläff und Gebell begleitete sie durchs Dorf. Auf dem Hof war alles still. Still und dunkel. Nur der gelbe Schein wies auf menschliche Gegenwart. »Komm!« Sie gingen zum Fenster. Der

Hund schmiegte sich fest an Ludwig. »Ja. Das ist Onkel Miska. Allein. Wo mag wohl Tante Kati sein? Sein Haar! Grau ist es geworden. Er sitzt am Tisch und hat ein Buch in der Hand.« Ludwigs Herz klopfte auf einmal heftiger. Er wollte schon ans Fenster klopfen, dann wurde er wieder etwas unschlüssig.

»Soll ich klopfen?« streichelte er den Hund. Er dachte an Onkel Ferdinand, wie er allein und verlassen nach der Mittagsbohnensuppe dort auf der Erde saß wie ein verjagter alter Bettler. Verzweifelt und traurig. Ludwig klopfte an das kleine Fenster. Erst leise, dann lauter. Onkel Miska legte das Buch zur Seite, er schaute zum Fenster. Seine Brille legte er auf den Tisch.

»Wer ist das?« Seine Stimme hatte noch den rauen Ton, an den sich Ludwig erinnerte.

»Ich bin's, Miska bácsi.«

Er kam näher zum Fenster. Guckte durch das Fenster, dann öffnete er es.

»Ich bin's, der Ludwig aus Birkenhausen.«

»Ludwig? Ludwig? Da muss man noch nachdenken!«

»Der kleine Ludwig, Miska bácsi.«

»Der Wagner Ludwig aus Birkenhausen! Richtig!«

»Ich war mit meinem Opa hier bei Miska bácsi.«

»Damals warst du so ein kleiner Bub. Aber komm doch rein, ich werde die Tür aufsperren.«

133

»Miska bácsi, ich habe auch einen Hund mit. Darf der auch hinein?«

»Natürlich darf er das! Kommt nur, ihr beiden! Liebe Gäste mitten in der Nacht!«

Er umarmte Ludwig und drückte ihn an seine Brust, dann streichelte er Ludwigs Haar.

»Gewachsen bist du! Das schon.«

»Die Tante ist nicht zu Hause?«

»Erinnerst du dich noch an sie? Schön, schön! Siehst du, mein Junge, ich lebe allein in diesem Haus. Mutterseelenallein! Weihnachten 1944 feierten wir noch in Mohatsch. Weißt, unsere Katica hat ein junger Mann aus Mohatsch geheiratet. Als es sich herausstellte, dass auch unser Dorf wieder jugoslawisch wird, meinten wir halt, sie bleiben alle in Mohatsch, ich komme nach Sóskút zurück und kümmere mich um Haus und Hof... Wir haben ja zwei Kühe, ein Pferd, Schweine und Geflügel. Und das Feld. Seid ihr hungrig, ihr beiden? Du hast aber einen wunderbaren Hund! Wie heißt er denn?

»Wolfi.«

»Schon gut. Wie ein Wolf ist er auch, nur mager, sehr mager. Komm, Wolfi! So. Brav der Hund. Ich habe noch von gestern Topfnudeln. Heute hatte ich Hühnergulasch. Ich habe die Knochen noch im Keller, auch Kartoffeln aus dem Gulasch.«

»Willst du nicht bei mir bleiben, Wolfi? Meinen Hund haben die Saukerle erschossen. Die hocken den lieben langen Tag im Gemeindehaus, abends im Wirtshaus. Dort wird gesoffen, gejohlt, ab und zu schießen sie auf alles, was sich bewegt. Hunde,

Katzen, Hühner. Sie haben auch schon auf Schweine geschossen. Siehst, Ludwig, so lebt man halt in einem kleinen ungarischen Dorf in Jugoslawien. Jetzt musst du aber erzählen! Ja, ja. Was macht mein alter Kamerad, Wagner Opa?«

»Miska bácsi, wir sind alle im Lager!«

Wolfi knabberte an dem Knochen herum, sonst war es still. Onkel Miska rückte die Öllampe näher.

»Mein Gott!«

»Ich bin jetzt im Berghof im großen Sammellager.«

»Und die anderen?«

»Das kann man nie wissen.«

»Warum schreibt ihr euch keine Briefe?«

»Für uns gibt es keine Post mehr! Für uns ist alles verboten. Die Alten und die Kinder sterben. Immer sterben sie. Jeden Tag! Onkel Ferdinand, ein alter Schneidermeister, hat auch schon aufgegeben. Er ist am Sterben. Wir bekommen nur eine Bohnensuppe ohne Bohnen. Zu Mittag, auch am Abend. Herr Reinhold hat gesagt...«

»Reinhold? Das ist doch ein Großgrundbesitzer an der Drau. Habe ich recht, mein Junge?«

»Ja, ein sehr guter und gescheiter Mann. Doktor ist er auch.«

»Den haben sie auch ins Lager gesteckt?«

»Auch.«

»Mein Vater war noch Tagelöhner auf dem Reinholdischen Gut. Aber Ludwig, wir sitzen nur hier am Tisch und reden, reden in die Nacht hinein.

Hast bestimmt Hunger, mein Junge. Ich habe nicht alles gegessen. Du kannst dich noch satt essen. Guck mal, unser Pörkölt ist noch warm! Komm näher! So bekommt auch Wolfi wieder Knochen.«

Onkel Miska schaute ihnen still zu. In seinen Augen schimmerten Tränen. »Schmeckt's? Die Tante kocht besser, aber man muss es hinnehmen, wie es kommt.«

»Sehr gut, Miska bácsi! Anfang März mussten wir ins Lager. Seit dieser Zeit gibt es nur Bohnen für uns. Herr Reinhold meint, mit dieser Bohnenkur werden wir nicht überleben. Heute haben sie im Lager einen Priester ermordet.«

»Einen Priester?«

»Als ich diese Grausamkeit sah, habe ich mich entschlossen, zu Miska bácsi zu kommen.«

»Das hast du prima gemacht! Du bleibst hier bei mir, wenn du auch den ganzen Tag auf dem Boden bleiben musst. Na, was sagst du dazu?«

»Seien Sie mir nicht böse, Miska bácsi, ich muss noch in dieser Nacht zurück. Würden mich die Partisanen erwischen, gäbe es grauenhafte Tage für mich. Könnten Sie uns helfen, dass wir Onkel Ferdinand das Leben retten?«

»Wie denn?«

»Wenn Miska bácsi etwas Essbares mitgeben könnte. Herr Reinhold meint, Onkel Ferdinand müsste essen. Das Essen könnte ihn retten.«

Nach einer Weile kam Onkel Miska zurück. Er legte alles auf den Tisch. Speck, eine Wurst, dazu eine Blutwurst und Brot.

»Du bist ein braver Junge, Ludwig! Willst noch während der Nacht alleine nach Berghof?«

»Wenn es hell wird, muss ich schon auf meinem Strohlager liegen. Wenn auch nur etwas schiefgeht, gnade mir der liebe Gott!«

»Aber Wolfi bleibt hier.«

Wolfi leckte den großen Teller nochmals aus, dann ging er zu Onkel Miska. »Wolfi hat die Antwort in seinem Blick, gelt mein Hund?«

»Er gesellte sich unterwegs zu mir. Ein Schwabenhund, der noch seinen Bauern sucht.«

»Sehr gut! Komm Wolfi!«

»Kann Miska bácsi einige Wörter schwäbisch?«

»Nicht viel.«

»Das reicht. Schwäbisch versteht der Hund besser.«

Onkel Miska brachte aus dem Stall einen alten Wintermantel und breitete ihn hinter einem Stuhl auf den Boden.

»So, Wolfi. Komm schön. Da stellen wir auch deinen Teller her, bis wir uns aneinander gewöhnen. Ludwig geht zurück in die Hölle, und wir beide machen uns das Leben schön.«

Ludwig streichelte den Hund.

Aus dem Wirtshaus tönte noch laute Tamburamusik. Der brummige Ton war noch lange zu hören. Ludwig beeilte sich. Er wollte möglichst rasch aus dem Dorf heraus. Dann wurde es still. Weit oben leuchtete die Sichel des Mondes. Er ging dicht an den Maulbeerbäumen vorbei. Ab und zu blieb er stehen, er stellte sich immer hinter einen dicken Baum, horchte in die stille Nacht hinein. Und weiter ging's. Manchmal war's ihm, als eilte ihm jemand nach, er blieb stehen, wartete, und als sich nichts rührte, beeilte er sich wieder.

»Mein Gott! Schaffe ich's?«

In der Essigfabrik lagen Männer auf ihren Strohlagern. Onkel Ferdinand konnte lange nicht einschlafen. Ludwigs Abwesenheit beunruhigte ihn immer mehr. »Tut man so etwas?«

»Was meinst du, Ferdinand?«

»Du weißt schon. Ludwig! Er haut ab und sagt mir kein Wort! Mir war's schon immer, er wäre mein Sohn. Mein Gott! Wenn sie ihn an der Grenze schnappen!«

»Es wird schon, Ferdinand! Hau dich hin und schlafe, Alter! Ludwig ist kein Kind mehr.«

»Was dann?«

»Ein junger Mann.«

Bald hörte man das monotone Schnarchen aus der Ecke. Später setzte er sich wieder auf.

»Ludwig?«

»Der sitzt vielleicht schon in Ungarn in einer Gastwirtschaft.«

»Ich träumte, er kam zurück und brachte mir Speck, eine große Wurst und viel Brot.«

»Ein schöner Traum.«

Dabei näherte sich Ludwig der Essigfabrik. Er schaute sich um, wartete eine Weile, dann schlich er in das Gestrüpp. Er legte sich auf den Boden,

horchte und rückte immer näher an den Zaun her-
an. Dann fand er auch die losen Latten. Von der
Kirche hörte er die Schläge der Turmuhr. Der Lärm
auf der Straße ermunterte ihn. Bald trat er geräusch-
los in den kleinen Raum, wo die Männer auf ihn
warteten. Onkel Ferdinand schnarchte vor sich hin,
die anderen umarmten Ludwig.

»Mensch, Ludwig! Junge, du bist ein Held!«
drückte ihm Herr Reinhold die Hand.

»Alles in Ordnung?«

»Alles.«

»Du hast sie alle auf den Arm genommen!«

»Onkel Ferdinand?«

»Jetzt schläft er wieder. Er meint, du wärst in
Ungarn. Dein Entschwinden hat ihn schwer getroffen.«

»Ferdinand!« ging Stockinger in die Ecke. »Ein
Wunder ist geschehen!« Sie standen alle um seine
Lagerstätte. »Setz dich doch auf, Mensch!«

»Aber warum steht ihr denn da herum? Wenn
nur Ludwig auch dabei wäre!«

»Da bin ich doch, Onkel Ferdinand!«

»Oh mein Gott! Mann, oh Mann, Ludwig!
Komm, mein Junge! Sei mir nicht böse, dass ich immer nur schlafe!«

»Hier, Onkel Ferdinand,« kam Ludwig mit einem Päckchen zu Onkel Ferdinand. »Das hat mir
Onkel Miska mitgegeben.«

»Das hat mir dein Onkel geschickt?«

»Ja, Onkel Ferdinand. Er wünscht baldige Ge-
nesung!«

»Danke!«

Still wurde es im Raum, ganz still. Von der Gasse fiel etwas Licht durch Fenster.

»Karl, hast noch dein Messer?«

»Wenn es die Saumagen nicht entdeckt haben.«

Er ging zurück zu seinem Platz.

»Hier. Ich hab es!«

Onkel Ferdinand zerschnitt mit einem heftigen Ruck den Spagat.

»Guckt mal her! Oh, Gott. Nein, nein! Ich träume noch immer! Speck! Das ist ja Speck! Mensch, eine halbe Tafel! Eine geselchte Blutwurst! Und das Brot! Greift zu, Freunde! Karl, das Messer.«

»Das geht nicht, Ferdinand! Ludwig hat all den Reichtum dir gebracht, der Miska bácsi schickte all das nur dir, damit du wieder gesund wirst!«

»Also, mein Speck, meine Wurst, mein Brot!«

»Genau!«

»Dann will ich euch alle einladen!«

»Stockinger, sag doch etwas!«

»Es kommt nicht in Frage! Das soll deine Medizin sein! Damit basta, Ferdinand!«

»Die beste und wirksamste Medizin für mich seid ihr! Eure Liebe und Sorge! Kommt, setzt euch! Eure Liebe ist mir mehr wert als Speck und Wurst! Und das Zeug müssen wir auch gleich verzehren. Sollten es die Schnüffler finden, gäbe es Ärger.«

Sie saßen beisammen. Onkel Ferdinand verteilte Brot, Speck und Wurst, sie saßen auf dem verlausten, spreuigen Stroh, sie saßen wie die Apostel, als Jesus Fisch und Brot verteilte.

Später meinte Herr Reinhold:

»Sagen wir Dank unserem Herrn, unserem Gott!«

Ludwig war bald eingeschlafen. Manchmal zuckten ihm die Beine, als wollte er weglaufen.

»Schon gut!« sagte Onkel Ferdinand leise. »Schlafe nur, mein Junge! Du hattest heute einen schweren Tag.« Er deckte ihn behutsam zu. »Unser Ludwig ist noch immer unterwegs.«

Es wurde wieder still. Die Männer lagen wach auf dem Stroh. Ihre Gedanken schweiften durch Zeit und Erinnerung.

»Wer hätte sich noch so einen Nachtisch erträumt? Die übliche Bohnensuppe, dann Wurst! Mann, oh Mann! So eine feine, scharfe, ungarische Wurst!«

»Der Geschmack, Leute!«

»Der Speck und das Brot dazu! Da fehlte noch eine dicke Zwiebel. Meint ihr nicht?« stützte sich Herr Reinhold auf.

»Vielleicht war es unser letzter Speck und unsere letzte Wurst.«

»Zuversicht, Leute! Zuversicht! Kommt, was kommen mag, uns hat man aber nochmals mit diesem Geschmack im Munde beschert.«

»Schön war's.«

»Ich muss auch schon!« rührte sich Onkel Ferdinand.

Als er wieder in den Raum kam, schliefen schon alle. Sie träumten vom Speck, vom Speck mit saftigen Zwiebeln und von Würsten. Dann knallte dumpf ein Schuss von der Gasse wie ein Hammerschlag in der Schmiede.

»Stoj! Stoj! (Halt!)« schrie eine raue Männerstimme.

»Hört ihr das?« ging Herr Reinhold ans Fenster. »Da wird schon wieder jemand verfolgt!«

»Alle Heiligen und Schutzengel, helft ihm, dass er durchkommt!« blickte Stockinger zum Fenster.

»Was siehst du denn, August?«

»Nichts. Es ist schon wieder alles still. Der letzte Schuss fiel schon am Dorfausgang.«

»Mir ist, es dämmert schon.«

»Da stimmt was nicht!«

»Warum denn nicht?«

»Man sollte uns doch schon wecken.«

»Dahinter steckt wieder Kukan!«

»Sechs Partisanen kommen jetzt auf unseren Hof.«

»Wieviel Leute?« blieb ein Partisan in der Tür stehen.

»Fünf.«

»Ist gut. Mit Rucksack hinaus! Hast du verstanden? Mach hinaus!«

»Heute geht's weiter, Leute«, steckte Herr Reinhold alles in seinen Rucksack. So. Ferdinand hatte recht, als er meinte, wir sollten alles essen. Speck und Wurst, Brot und Blutwurst.«

Als ihr Zug auf die Landstraße kam, bot sich ihnen ein erschreckendes Bild. Leute mit ihren ärm-

142

lichen Rucksäcken. Angst, Abgespanntheit in ihren Blicken, todmüde gingen sie den anderen nach. Schritt für Schritt. Das Wohin und Warum interessierte sie nicht mehr. Hie und da tappte noch ein Kind an der Seite der Mutter. An den Straßengräben standen Partisanen, so weit das Auge reichte. Gewehre, Maschinenpistolen, Lederpeitschen, Hunde.

»Oh, Gott!« sagte Onkel Ferdinand mit leiser Stimme. »Was soll das Gedränge wieder?«

»Einige jagen sie in die Höfe. Darum stehen auch die Tore auf. Die anderen müssen weiter auf der Landstraße gehen.«

»Ja, die Alten und Kinder bleiben auf der Landstraße, die jüngeren Leute, Männer und Frauen müssen in die Höfe.«

»Genau! Diese Mistkerle! Aber was soll das?«

»Das Bild wird immer eindeutiger. Die Kinder und Alten gehen weiter auf der Landstraße Richtung Gakowa, die auf den Höfen bringen sie nicht über die Donau, die bleiben auch weiter hier in den Arbeitslagern. So können sie die ehemaligen schwäbischen Dörfer freimachen, und die Ansiedlung der Serben kann ihren Anfang nehmen.«

»Oh, mein Gott!«

Die Leute aus der Essigfabrik mussten sich zu den anderen Gruppen stellen. Herrn Reinhold, Stockinger und Fuhrmann brachten sie auf einen Hof.

»Ist gut. Hier bleiben!«

Ludwig guckte zurück, aber die anderen sah er nicht mehr. Auch Onkel Ferdinand war nicht mehr zu sehen.

Niemand merkte, dass Ludwig zurückeilte. Nur ein stämmiger Partisan mit langen, schwarzen Haaren rief ihm nach.

»He, du da! Wohin geht die Reise?«

»Der Kommandant schickt mich.«

»Schon gut, schon gut. Beeile dich!«

Durch die aufstehenden Tore blickte er in die Höfe. Unter einem Nussbaum entdeckte er sie: Fuhrmann, Stockinger, Herr Reinhold.

»Mensch, Ludwig!« kam ihm Stockinger entgegen. »Komm, komm und vermisch dich unter die Leute!«

»Onkel Ferdinand?«

»Weiß ich nicht. Wir beide sollten mit den Kindern und den Alten weiterziehen. Später fragte er noch, ob ich die Tante gesehen habe. Aber auf einmal war er weg.«

»Wie das Schlachtvieh treiben sie draußen auf der Landstraße die Leute vorbei. Richtung Gakowa!« schaute Fuhrmann zum Tor hinaus.

»Unser Ferdinand ist auch dabei. Wo bist du geblieben, alter Kumpel? Mit seinem Tod werden wir alle ärmer!«

»Also war unser Abend Ferdinands Abschied.«

»Das war ein schöner Abend!«

»Und Ferdinand geht langsam mit Tausenden auf der endlosen Landstraße, umgeben von Kranken, von Alten, umgeben von bitter weinenden Kindern. Als wäre er allein auf der endlosen Straße.

Seine Stimme höre ich noch immer, ich sehe seine einmalige Gestalt. Auf den weiten Wegen sucht er nach seiner Resi.«

Die tränenfeuchten Augen der Männer schauten still darein. Die Sonne schien immer wärmer auf Berghof nieder.

Als sie die letzten Häuser von Bergdorf hinter sich gelassen hatten, schauten sie noch einmal zurück.

»Das war Berghof!« bemerkte Herr Reinhold etwas gerührt.

»Hier hatten wir auch schöne, ruhige Tage. Meint ihr nicht?«

»Und auch höllische! Höllisch grausame!« sagte nach einer Weile Fuhrmann.

»Wenigstens werden wir Kukan los!«

»Meinst du?«

Wolkenloser Himmel. Sommerhitze.

»Wohin geht's denn, mein Sohn?« fragte Herr Reinhold einen Wachsoldaten, der sich immer wieder mit einem großen Taschentuch übers Gesicht wischte.

»Vorwärts.«

»Das sehen wir ja alle.«

»Dienstgeheimnis.«

Der Dicke wischte sich nochmals über das verschwitzte Gesicht.

»Komm näher, Opa. So. Pilzdorf. Klein, nur eine Gasse. Ist so gut?«

»Du bist ein lieber Junge!«

»Die Landstraße führt nach Gakowa, wir werden aber abbiegen.«

»Wie heißt du?«

»Stevo.«

»Ich heiße August.«

»Ein komischer Name.«

»Aber schön, was?«

Stevo eilte den anderen nach, dann kam er wieder zurück.

»Bald werden wir abbiegen. Pilzdorf liegt hinter dem Berg. Im Norden.«

»Stevo, guck mal, dort liegt doch ein Mann.«

»Ja. Das ist ein Mann! Komm du auch!« sagte er zu Stockinger. »Wir wollen gucken.« Die dunkle Gestalt lag am Graben vor einem Busch. »Ist tot!« schaute Stevo zurück. »Erschossen! Komm schauen!«

Stockinger war mit einem Satz bei dem Toten. »Oh, Gott! Oh, Gott! Onkel Ferdinand! Ferdinand haben sie erschossen!«

»Du kennst den Mann?«

»Er war unser Freund, unser bester Freund. Lieber Ferdinand! Er konnte damit nicht fertig werden, dass sie ihn und seine Frau getrennt haben! Oh Gott!«

»Hat von hinten die Kugel bekommen. Er wollte bestimmt weggehen, laufen wollte er!«

»Ja, ja!« sagte dann Herr Reinhold.

»Hat alter Mann Rucksack. Wollt ihr nehmen?

»Was wird mit ihm, Stevo?«

»Wird kommen Pferdewagen und wird die

Toten auf den Friedhof bringen.«

»Nach Berghof?«

»Ja. Berghof. Schauen wir seine Taschen! Jawohl. Er hat Brieftasche. Schauen du! Hat er Geld?«

»Kein Geld, nur Bilder.«

»Bilder?«

»Fotos. Mein Gott! Da sitzt Ferdinand mit seiner Frau, mit Tante Resi. Jung und fröhlich bei Kaffee und Kuchen im Garten. Ein junger Mann ist auch dabei. Vielleicht ihr Sohn.«

»Das kann sein.«

»Da gibt's noch zwei Fotos. Mensch, wie jung sie auf diesen Bildern sind!«

»Kommen, kommen! Die Brieftasche mit den Bildern könnt ihr behalten.« Sie eilten den anderen nach.

»Danke Stevo!«

Der lange Zug auf der Landstraße hat die Ferne immer mehr verwischt. Still wurde es auch auf den Höfen von Berghof. Still und schwül.

»Ferdinand hat schon alles überwunden.«

»Wir gehen jetzt den gleichen Weg. Meint ihr nicht? Die werden uns kurzerhand erledigen.«

»Solange wir leben, lebt auch Ferdinand in unseren Erinnerungen und auf diesen Fotos.«

»Beten wir ein Vaterunser und ein Ave für Ferdinand!«

Die Sonne schien immer wärmer. Sommerhitze. Wolkenloser Himmel. Langsam ging's weiter. Immer näher zur Donau. Langsam nach Osten. Bringt man sie doch nach Gakowo? Frauen, Männer, jüngere Leute, müde, von Läusen geplagt. Wunden und Blasen an den Füßen, schmerzende Geschwüre, eiternde Geschwüre an den Beinen. Es ging aber weiter. Die Rucksäcke schlotterten fast leer auf den armseligen Rücken.

Der hagere Mann trug eine Ledermütze mit Schild, er hatte borstige, schwere Hände, ein dunkles Gesicht mit einem Geierblick. Er kam, ohne ein Wort zu sagen, auf dem Rücken hatte er seinen großen leeren Rucksack. Als Stevo wieder weiterging, trat er mit der Ledermütze zu Herrn Reinhold.

»Nicht böse sein, Nachbar, wenn ich frage. Was hat der Dicke gesagt?«

»Man bringt uns nach Pilzdorf.«

»Hat er das gesagt?«

»Genau.«

»Also nach Pilzdorf?«

»Ja.«

»Ich bin aus Pilzdorf. So ein Zufall!«

Nach einer Weile sagte er wieder: »Ich wollte noch einmal die Kirche sehen! Die Schule, den Friedhof. An den Häusern vorbeikommen. Meine Werkstatt wollte ich noch einmal sehen! Ich war Schmied. Haller Adam.«

»Dass Sie kein Zahnarzt waren, habe ich gleich gesehen.« Stockinger reichte ihm die Hand. »Stockinger, Jakob.«

»Vierzig Jahre stand ich dort in der Schmiede mit dem Hammer und der Zange in der Hand.

Dann sagten mir diese Schweine, ich bin ein Kapitalist, ein Ausbeuter!«

»Dort unten!« wurde Haller wieder gesprächig. »Unsere kleine Kirche! Man sieht auch die Allee! Dort im Norden, am Ende der Allee ist die ungarische Grenze.«

»Und du bist noch immer da, Mensch!«

Es ging auch schon bergab. Holprige Wege, Holunder. Die Leute zottelten auf dem Hohlweg hinab. Es wurde immer wärmer. Ab und zu blieb auch Stevo stehen, als wären Fuhrmann und Stockinger seine Freunde.

»Was hab ich geredet? Nicht Gakowo. Ist schon da, Pilzdorf.«

»Ludwig! Du bist so sprachlos!«

»Onkel Ferdinand! Ich muss immer nur an ihn denken!«

»Das sollst du auch! Helfen können wir ihm nicht mehr. Wo immer er auch wäre, aber jetzt wissen wir wenigstens Bescheid. Beten können wir für ihn. Sollten wir uns trennen, man weiß ja nie, solltest du seine Brieftasche mit den Fotos haben und auch bewahren. Willst du das, Ludwig?«

»Das wäre schön, Herr Reinhold!«

Vor Pilzdorf wurde der Zug der Lagerleut gestoppt.

»Setzen!« schrie ein Partisan.

Es kamen immer mehr Partisanen aus dem Dorf hinzu. Sie stellten sich zu den Wachsoldaten unter einen alten, schattigen Maulbeerbaum. Man sah, dass sie sich heftig stritten.

»Nanu!« setzte sich Fuhrmann zu den anderen. »Die Saumagen haben Ärger!«

»Setzen! Setzen, verdammte Bagage!« schrie einer wieder den Leuten zu.

Die Leute saßen still am Wegrand. Unter dem Maulbeerbaum ging's immer lauter zu.

»Die streiten sich dort unter dem Baum.«

»Das sieht man auch von hier aus.«

»Um was geht's denn?« rückte Herr Reinhold näher.

»Der große Dicke ist der Chef.«

»Dachte ich mir gleich. Was will denn der Dickwanst?«

»Er will Wachsoldaten vor's Kriegsgericht stellen.«

Die Sonne schien heiß vom wolkenlosen Himmel auf die Landstraße nieder. Das Auto blieb beim Maulbeerbaum stehen. Aus dem kleinen Auto stiegen zwei Offiziere. Nach einer Weile rief der eine den Leuten zu: »Ihr zieht jetzt weiter, zurück über den Berg. Wenn ihr euch beeilt, seid ihr in den frühen Morgenstunden im neuen Lager. Also, los!«

»Ustani! Ustani! (Aufstehen!)« schrie eine grelle Stimme. »Hajde, hajde, dalje!« Es ging wieder weiter, weiter auf den endlosen Wegen. Keine Ruh und keine Rast. Die Leute guckten zu den Partisanen. Leere Blicke, die meisten wären am liebsten dort am Straßengraben sitzen geblieben, manche wären am liebsten für immer dort entschlafen. Nur nicht

150

mehr weiter!

»Ustani! Aufstehen, verdammte Faschisten!«
Die Leute rührten sich. Man fragte nicht, wohin
wohl der Weg führt, sie wollten es auch nicht wissen, sie wollten auch nicht wissen, warum sie nicht
in Pilzdorf blieben. Langsam setzte sich der Zug
wieder in Bewegung. Traurig ging's weiter. Warmer
Staub stieg vom Fahrweg in die Höhe.

»Hajde, hajde! Nemoj spavat! (Los, los, nicht
schlafen!)« hörte man die grelle Stimme wieder. Hie
und da knabberte man trockenes Lagerbrot.
Schwarz und hart getrocknet war das Brot. Als wäre
es aus Stein. Nach einer Weile ging's wieder bergauf.
Alles grün, alles kühl. Weingärten, Obstbäume.

»Jetzt kommen wir bald an der Bergweide vorbei«, eilte Haller herbei. »Zwei Ziehbrunnen mit
kühlem, guten Wasser.«

»Ich halt's nicht mehr lange aus! Ohne Wasser
nicht!«

»Dort! Guckt mal! Unsere Bergweide!«

An den Brunnen standen lange Holztröge.
Überall grünes Gras, kühles Gras, frische Luft.

»Stoj, stoj!« machten sich die Partisanen wieder
laut. »Sucht eure Schüsseln im Rucksack und stellt
euch an! Anstellen! Die Frauen zu diesen Brunnen
hier, die Männer gehen im Gänsemarsch an den
Trögen vorbei und schöpfen eine Schüssel voll.
Einmal, nur einmal! Sollte es jemand mit Schwin-
deln versuchen, der wird bestraft.«

Die Männer mussten die Tröge vollziehen,

dann konnte jeder Lagermann an einem Trog vorbei. Die ihr Wasser hatten, standen abseits, tranken immer wieder ein wenig aus der Schüssel.

»Wer hätte sich gedacht, dass Wasser so wunderbar ist? Mein Gott! Wäre es doch schön!«

»Was denn?«

»Noch eine Schüssel voll!«

Als alle ihre Schüsseln voll hatten, spülten die Partisanen das Wasser aus den Trögen.

Der Fahrweg wurde immer steiler. Die Älteren schlurften nur so dahin mit ihren schweren Füßen. Staub wirbelte den Lagerleuten nach. Das rötliche Licht der Sonne wurde immer schwächer. Schatten lagen über dem Fahrweg.

»Ist es noch weit?« fragte eine schwache Männerstimme.

»Keine Ahnung, wohin der Weg führt.«

»Jetzt geht's schon wieder bergab«, meinte Haller.

Es wurde immer dämmeriger.

»Jetzt geht's schon nach Süden.«

Später wurde es auch schon finster.

»Adam! Wo sind wir eigentlich?«

»Das weiß nur der liebe Gott!«

»Und wenn wir uns verirrten? Was dann?«

»Wir können uns nie mehr verirren. Das haben wir schon 1944 im Herbst.«

Finster. Es ging auf Waldwegen weiter. Die Leute stolperten, hinkten und humpelten auf dem steinigen Weg bergab, über morsches Geäst, dann kamen sie aus dem Wald. Unten sah man Lichter. Hunde bellten, Vögel flatterten im Dunkel der Nacht an ihnen vorbei.

»Dort unten ist das Lager!« bemerkte ein Partisan.

»Wie spät ist es schon?« fragte Herr Reinhold freundlich. »Nicht böse sein, wir haben keine Uhr.«

»Zwei Uhr nach Mitternacht!« sagte der Mann und ging weiter.

»Danke!«

»Ich kann nicht mehr!« hörte man eine schwache Frauenstimme. »Mir wird wieder schwindelig. Ich muss mich setzen! Ich kann nicht mehr! Es dreht sich alles mit mir!«

»Nicht setzen! Das dürfen Sie nicht, besonders weil man schon die Lichter des Berglagers sieht. Komm Stocki, wir wollen helfen. Ludwig, nimm den Rucksack!«

Bald verstellten Partisanen den Weg. Sie kamen von den Lichtern her. Ein Hagerer trat hervor. Er hielt seine Maschinenpistole in der Hand.

»Wer ist der Kommandant? Habt ihr keinen Kommandanten?«

»Ich komme schon!« eilte ein Stämmiger herbei. »Wir kommen aus dem Sammellager Berghof. Wir sollten im Lager Pilzdorf bleiben, doch hat man das Lager geschlossen und uns über die Berge geschickt.«

Es kamen noch mehr Partisanen dazu. Sie begleiteten einen jungen Offizier.

»Ich bin der Kommandant des hiesigen Lagers.

Seit wann seid ihr auf dem Weg? Sie da!« Er zeigte mit seiner Reitpeitsche auf Herrn Reinhold. »Wie heißt du, Opa?«

»August Reinhold.«

»Schön. Ich will dich fragen.«

»Jawohl.«

»Also seit wann seid ihr unterwegs?«

»Seit zehn Uhr.«

»Aus?«

»Aus Berghof.«

»Und wo habt ihr gefrühstückt?«

»Wir haben nicht gefrühstückt.

»Passte euch das Frühstück nicht?«

»Wir haben kein Frühstück bekommen.«

»Genau, Genosse Kommandant!«

»Mittagessen?«

»Haben wir auch nicht bekommen!«

»Auch nicht bekommen! Abendessen?«

»Auch nicht.«

»Einmal haben wir eine Schüssel Wasser bekommen.«

»Nicht mehr? Nur eine Schüssel voll?«

»Nur eine.«

»Und was hast du mit deinen Mannen gespeist?«

Der dachsbeinige, stämmige Partisan blickte erstaunt auf den hageren, jungen Mann.

»Mach keine Späße mit mir!«

Der junge Offizier kam näher und versetzte dem Dachsbein eine schallende Ohrfeige. »Diese Leute hat man dir anvertraut und was hast du mit ihnen getan?«

Das Dachsbein griff nach seiner Pistole, doch die anderen nahmen ihm die Waffe ab.

»Das sind auch Menschen!«

»Lausige Faschisten!«

»Zoran, bitte!«

»Jawohl, Genosse Kommandant!«

»Nimm das Pferd und reite hinab ins Lager! Bringt das Brot aus den Kellern! Schneidet das Brot auf! In Scheiben!«

»Jawohl!«

»In der Früh bekommt ihr dann eine kräftige Einbrennsuppe. Jetzt nur Brot und Wasser und Stroh zum Schlafen.«

Am Morgen standen auch die Ankömmlinge mit ihren Schüsseln vor den Kesseln. Nach dem Frühstück konnten sie sich um den Brunnen herum waschen. Dann ging's mit Hacken, Rechen, Sägen und Äxten in die Weingärten.

Es wurde geredet, erzählt, gelacht. Die Wachsoldaten unterhielten sich mit den Mädchen. Später stellten sie sich unter die schattigen Bäume, riefen den Mädchen zu. Einer nahm seine Mundharmonika aus der Tasche, die Mädchen sangen mit, fröhlich erklangen die deutschen Volkslieder, dann die ans Herz rührenden Melodien aus Dalmatien.

»August, sind wir auf einmal in einem anderen Land?«

»Mensch, Fuhrmann, das kann doch nicht sein! Guck mal, Partisanen bringen den Leuten Obst!

Mann, oh Mann! Pfirsiche, Äpfel, Birnen! Ist das nach all den Grausamkeiten nicht wunderbar?«

»Nur nicht so neidisch!«

»Natürlich gilt das Obst hauptsächlich den Mädchen!«

Es wurde nur bis 17 Uhr gearbeitet, auf den Höfen wusch man sich dann, wurden Kleider ausgebessert, Weiber halfen in der Küche beim Kochen, die Männer saßen auf den Baumstämmen, die überall herumlagen, die anderen halfen im Pferdestall. Auf den Kutscher, der jeden Nachmittag ins Dorf hinabfuhr, hat man immer neugierig gewartet.

»Na Toni, was spricht man dort unten im Gemeindehaus so?«

»Im Gemeindehaus? Überhaupt nichts. Im Wirtshaus ist eben eine Schlägerei im Gange. Ich machte mich mit meiner Fuhre rasch aus dem Staub.«

»Was schickte man dem Lager?«

»Die schicken, was unser Kommandant auf den Zettel schreibt. Heute haben wir etwas mehr! Kartoffeln!«

»Kartoffeln?« fragte Fuhrmann überrascht.

»Na klar! Bohnen, natürlich. Auch Linsen, Zwiebeln, Grieß und Mehl. Ja und Brot.«

»Mensch! Ein Schlaraffenland! Dieses Lager ist ein Schlaraffenland!« lächelte Stockinger.

»Was hat denn der Mann dort? Es kann doch keine Zeitung sein!« sagte Herr Reinhold.

»Siehst doch! Die Zeitung aus Belgrad, die Borba, die stecke ich ab und zu unter die Bohnen.«

»Bitte! Ich geb' sie ja gleich zurück.«

Herr Reinhold guckte in die Zeitung, blätterte in ihr.

»August! Was ist denn?«

»In England haben sie gewählt.«

»Und?«

»Die Arbeiterpartei ging als Sieger aus der Wahl hervor.«

Still saßen sie dort im Hof. »Warum seid ihr auf einmal so still?« fragte ein magerer alter Mann.

»Da kommen wir nie heraus! Nie mehr! Wir bleiben auf immer und ewig in den Lagern«, sagte dann Herr Reinhold und wischte sich die Tränen vom Gesicht.

Einbrennsuppe am Morgen. Man konnte sich auch zweimal anstellen. Herr Reinhold steckte die Zeitung in seinen Rucksack, später las er nochmals die Nachrichten von der englischen Wahl.

»Meine Bibliothek!« sagte er, als ihm Fuhrmann mit fragendem Blick zuschaute. Weit unten in der Ferne sah man das verwischte Bild des Dorfes. Ab und zu wehte die Luft den Klang der Glocken in die Weingärten.

Nach einigen Wochen mussten die Lagerleute aufbrechen.

»Hajde, hajde! Dalje!« schrie ein Partisan.

»Schon gut, schon gut! Wir gehen ja.«

Wieder auf den Fahrwegen, auf den Landstraßen. Staub, Hitze, Hundstage. Die Zeit raffte die Tage mit, Tage und Nächte, die sinnlos dahinschwanden. Nur die Endlosigkeit der Wege hat man den Leuten gelassen, die Arbeit auf den Kukuruzfeldern, auf den Kartoffelfeldern und Rübenfeldern, dann zogen die Leute schon um vier Uhr morgens in den Schnitt. Die Sense auf der Schulter, Sichel in der Hand und die Endlosigkeit der Stoppelfelder. Im Sommer hatten die Leute keine Schuhe mehr. Bloßfüßig mussten sie auf die Stoppelfelder. Es dauerte, bis sie es erlernten, wie man die wunden, blutenden Füße durch die Stoppeln bewegen kann.

Der Befehl kam aus der Kreisstadt an alle Kommandanten: Marschbereit! Alles in den Rucksack packen und mit Rucksack auf die Wege. Herr Reinhold wurde in letzter Zeit von einem Tag zum anderen grau. Seine dicken Augenbrauen leuchteten wie frischer Schnee über seinen klugen Augen. »Man muß nur etwas Grips im Kopf haben. Habe ich recht, Ludwig?«

»Wie immer, Onkel Reinhold.«

»Also, wie ich's mir vorstelle. Wir müssen alles mitnehmen. Der Befehl lautete doch: Alles in den Rucksack. Zweitens. Alle Kommandanten müssen die Leute ihres Lagers in die Kreisstadt bringen. Auf den Hof der Kaserne.«

»Stimmt.«

»Mir scheint, Freunde, wir werden entlassen. Die Lager werden aufgelöst und geschlossen.«

»Mensch!«

»Nein, nein! Ich kann's einfach nicht glauben!

158

Diese Mistkerle wollen uns einfach zappeln sehen, die lassen uns nicht mehr los.«

»Herr Fuhrmann, nur schön optimistisch! Ihr habt's doch gehört. Morgen um acht Uhr haben sich alle Lagerleute auf dem Hof der Kaserne zu melden.«

Sie verbrachten wieder die ganze Nacht auf den Fahrwegen und Landstraßen. Müde mussten sie weiter. Müde, abgehetzt ging's weiter. Die Nacht hüllte die Gegend in dunkle Stille. Weit oben schimmerten die Sterne, dann wurde es immer kühler.

»Nicht schlafen! Du da! Füße hoch!«

Im Osten erschien ein heller Fleck am Himmel, dann kamen Lichter näher.

»Die Stadt, Leute!« meinte eine traurige Stimme. »Die Kreisstadt!« Schläfrig ruhte die Stadt im Frühnebel.

Die Sonne schickte ihre ersten Strahlen. Überall Lagerleute, Lagerleute mit ihren Wachsoldaten. »Was habe ich euch gesagt?« blickte Herr Reinhold zum Eingangstor. »Die ganze Aufmachung weist darauf hin, dass es jetzt um wichtige Dinge geht.«

»Wenn die großen Dinge nur nicht Sibirien heißen!« meinte Ludwig.

»Ludwig hat schon recht! Diesen Mistkerlen kann man alles zumuten!«

»Nein, nein! Guckt mal hinüber zum Eingang! Krankenschwestern! Ja, ja! Krankenschwestern empfangen uns. Sie tragen die Kleidung der Krankenschwestern. Das leuchtende Weiß und zartes Hellblau. Häubchen! Jawohl!«

159

Hie und da rannten Männer vorbei, die das Weiß der Ärzte trugen. Weiße Hose, weißes Hemd. Als die Turmuhr der nahen Kirche acht schlug, war auch der letzte Lagermann auf dem Hof. Stille. Gespannte Stille. Dann fuhren Autos vor. Immer mehr. Partisanen öffneten die Türen der Autos. Flink, nett und lieb. Aus den Autos stiegen hochdekorierte Militärs. Vor dem Haupteingang der Kommandantur stand eine hochgewachsene Partisanin. »Mit Hochachtung begrüßen wir die Delegierten unserer Verbündeten, mit denen wir unseren erbitterten und siegreichen Kampf gegen die Faschisten führten. Wir begrüßen unsere Gäste aus England und Kanada, aus der Sowjetunion und aus den USA. Unsere hochgeschätzten Gäste wollen sehen, wie menschlich, wie human die Feinde unseres Landes behandelt werden. Es lebe die Sowjetunion, die USA, England und Kanada!« Die Offiziere folgten auf dem breiten Weg langsam den jugoslawischen Offizieren. Es wurde nicht gewinkt, auch nicht geklatscht, man hörte auch keinen Beifall aus den Reihen der Lagerleute, nur der Kies knirschte unter den schweren Schritten der Offiziere.

Um zwölf mussten die Leute den Rückweg in ihr Lager antreten.

»Mein Gott! Warum sagten die Engländer oder die Russen nicht wenigstens etwas?«

»Ludwig, komm näher!«

»Ja, Onkel August.«

»Solltest du dich doch für die Flucht entschei-

160

den, und du musst es, gebe ich dir eine Adresse in Fünfkirchen.«

»Danke schön, Onkel August.«

»Also. Nichts aufschreiben! Verstanden?«

»Ja.«

»Wenn sie dich an der Grenze schnappen, dürfen sie nichts bei dir finden, was Leute bloßlegt.«

»Ich weiß.«

»Also Fünfkirchen. Die Kathedrale mit vier Türmen. In der Nähe findest du die Gasse der Domherren. Hausnummer 15. Hochwürden Geswein. Überbringe ihm meine Grüße, erzählst ihm von unserem Elend. Er ist ein liebenswürdiger Mensch. Mein Freund, noch aus der Zeit, als wir an der Universität studierten. Ich bitte, er soll dich bei sich unterbringen.«

»Also! Die Adresse bitte! So, so. Schön. Also was sollst du Hochwürden Geswein sagen? So, so.«

Es folgten wieder lange Tage und lange Nächte. Arbeit auf den Zuckerrübenfeldern, auf den Maisfeldern. Es wurde auch schon im September gedroschen. Staub zum Ersticken. Ludwig, Fuhrmann, Stockinger, Herr Reinhold und Adam, der Schmied, arbeiteten auf den Kukuruzfeldern. Die Sonne schien nicht mehr so unerträglich heiß, die Hundstage waren vorüber. Stare huschten vorbei.

»Die Trauben werden reif.«

«Schon?»

»Na klar! Seht ihr die Stare nicht? Die fliegen schon dem Weinberg zu. Ja, ja. So vergeht halt die Zeit. Rasch vergeht die Zeit! Es herbstet, liebe Leut!«

Herr Reinhold schaute den Staren nach. »Seht ihr? Die wittern schon den Winter. Bald säuseln kalte Winde vom Berge her.«

»Mein Gott! Was fangen wir dann an?«

»Was denn?«

»Jetzt werden wir unseren ersten Winter im Lager erleben.«

»Fast schon ohne Kleidung, und in den Bergen säuselt schon der Wind!«

»In der Nacht rücken wir fest aneinander, wie die Ferkel im Schweinestall, aber am Tag müssen wir in die eiskalte, nasskalte Welt hinaus.«

Die Sonnenblumen verloren immer mehr ihr Gelb. Vögel zupften an ihnen herum. Nach dem schwerfälligen Nachmittag schlich auch die Abenddämmerung über die Felder. Die Wachsoldaten standen schon draußen auf dem Fahrweg herum, müde langweilten sie sich.

Ludwig stellte sich in die Reihe von Stockinger und Fuhrmann. Er wollte sie nochmals sehen, ihre Stimme wollte er nochmals hören. Lange fehlten ihm die Worte. Er wollte nicht, dass sie seine Tränen sehen, er wollte nicht, dass sie das Zittern seiner Stimme hören. »Ich werde Sie nie vergessen, Onkel Jakob und Onkel Karl, nie, wenn ich meine Flucht überlebe.«

»Gott lenke deine Wege, Ludwig! Bleibe, wie du bist! Und wie hat Onkel Ferdinand immer gesagt: Augen zu und durch!« Sie schauten ihm nicht nach. Sie wollten es nicht, dass es auch andere merken, dass es um Abschied ging.

»Lieber Onkel!« trat Ludwig mit der Hacke in der Hand zu Herrn Reinhold. »Sprechen kann ich nicht, sonst muss ich weinen. Gott helfe Ihnen aus dieser Hölle hier! Lieber Onkel, danke, dass wir Sie hatten!«

»Der liebe Gott stehe dir bei, mein Sohn!«

Es wurde immer dämmriger. Dann kullerte ein Schuss durch die Luft.

»Napolje, napolje! (Raus auf den Weg!) Rasch, rasch!« Die Leute eilten zum Fahrweg hinaus. Ludwig legte sich ins Dickicht. Dort hatte er am Vormittag seinen Rucksack versteckt. Ab und zu blickte er zum Fahrweg hinaus. Die Leute setzten sich langsam in Bewegung. Ludwig wartete noch eine Weile, klopfenden Herzens wartete er, dass es dunkel werde. Dann setzte er sich auf, horchte in die Stille. Er nahm seine schöne Hose und sein Hemd aus dem Rucksack. Auch seine Jacke nahm er aus dem Rucksack. In der Jacke hatte er die Brieftasche von Onkel Ferdinand sowie sein Gebetbuch mit Fotos von Zuhause. Er betete ein Ave und los ging's! Über Felder. Maisfelder mit hohem Kukuruz, über Kartoffelfelder, nie auf dem Fahrweg, nie auf der Landstraße. Der Himmel bescherte 1945 die Landschaft mit einem milden Herbst. Von den Kukuruzfeldern wehte laue Herbstluft, weit oben schimmerten Sterne am Himmel. Ab und zu raschelte es im hohen Kukuruz. Ludwig blieb stehen und horchte in die nächtliche Stille. »Ein Hase! Bestimmt war's ein Hase« beschwichtigte er sich. Hie und da blieb er aber stehen, legte sich auf den Boden. Es blieb aber still. Er kam durch die weiten Felder, nur weiter, immer nur weiter vom Lager! Dann kam er an einem Heuschober vorbei. Er setzte sich in das weiche, fein duftende Heu. Eine Weile saß er regungslos, horchte auf jedes, wenn auch noch so leises Geräusch, es war ihm, er hört, wie sein Herz heftig klopft. »Lieber Gott! Bitte, Jungfrau Maria, meine himmlische Mutter!« Er drückte seinen Rucksack an sich. Ade! Dich hat noch Mama genäht!« Er wühlte den Rucksack samt seinen verlausten Klamotten tief in das Heu. Bei der Morgendämmerung wollte er schon auf dem Weinberg sein. Dort wollte er sich im Gestrüpp und Gesträuch verstecken. Von dort wollte er in das kleine Dorf Bodzás schleichen. Ein ungarisches Dorf auf jugoslawischem Gebiet.

Müde war er schon, als er den Berg erreichte, er hetzte aber weiter. Es dämmerte immer mehr. Dicker Nebel lag auf der Gegend. Ludwig eilte aber weiter. Immer weiter weg vom Lager! Die Sonne schien schon hell, als er einen günstigen Fleck fand. Einen verlassenen, verwahrlosten, verwilderten Weingarten. Die zerfallende Hütte war vor lauter hohem Gesträuch kaum zu sehen. Vor der Hütte fand Ludwig einen Birnbaum, auch alte Zwetschkenbäume. Er pflückte sich etwas Obst. Knackige

Zwetschken, gelbe Birnen. Die Sonne schien immer wärmer. Unendliche Stille. Hie und da erblickter er Fußgänger unten auf dem Fahrweg. Dann auch einen Pferdewagen.

Später lag Ludwig in dem von Unkraut überwucherten Weingarten, guckte den leichten Wolken nach, die auf dem blauen Himmel dahinsegelten. Er dachte an das unbekannte, nie gesehene Dorf Bodzás. Ob sie mir wohl helfen werden? Wenn nicht! Was dann? Er suchte dünnes, weiches Gras, brachte es auf einen sonnigen Platz. Er legte sich auf den Grashaufen in die Sonne und wartete, dass es wieder Abend werde. Er horchte auch auf das leiseste Geräusch, wie das gehetzte Wild, das in jedem Rascheln und Rappeln seine Verfolger wittert. Hie und da hörte er auch Glockenklang aus der Ferne.

Als dann die Sonne im Westen weilte und auch bald verschwand, machte er sich wieder auf den Weg. Immer weit weg vom Fahrweg. Es ging über Kukuruzfelder, durch raschelnde Kukuruzfelder, durch verlassene Weingärten. In der Hosentasche hatte er noch etwas Maisbrot aus dem Lager, hie und da fand er auch Brunnen mit moosigen Eimern. Sein Herz klopfte immer heftiger, als er daran dachte, dass er Bodzás wieder etwas näher wäre. Es war noch alles taunass, als er bei Tagesanbruch in den verwilderten Weingarten kam. Aus der Nähe hörte er eine Glocke. Vielleicht schon Bodzás! Unten am Fahrweg fuhr ein Pferdewagen. Die Männer auf dem Wagen redeten Ungarisch, dann wirbelte ein Lastauto den kalten Staub auf. Partisanen. Mein Gott! Sie fuhren Richtung Bodzás! Was nun, wenn sie durch den Weingarten kommen? Es blieb aber still. Die Sonne schien immer wärmer. Ludwig dachte wieder an die Lagerleute. »Die sind schon draußen auf den nasskalten Rübenfeldern. Onkel Fuhrmann, Onkel Stockinger, Herr Reinhold und Mama. Ja, die Mama, wo ist sie wohl? Oma und Opa? Lieber Gott!« Er merkte es kaum, wie er seine Hände zum Gebet faltete. »Bete für uns, Maria, Himmelskönigin, heiliger Antonius von Padua, heiliger Franz von Assisi! Betet für uns! Wenn meine Flucht gelingt, will ich Franziskaner werden. Kein Priester, nur ein Bruder. Ich werde im Kloster arbeiten. Ich werde keine Arbeit scheuen!«

Abenddämmerung. Ludwig machte sich auf den Weg. Der Staub wurde immer kälter. Ab und zu blieb er stehen. Horchte in die Nacht hinein. Jedes Geräusch hatte für ihn etwas mit Gefahr zu tun. Bald sah er auch das Gelb des Mondes am Himmel. Vorsichtig ging er wieder weiter. Im Morgengrauen erreichte er Bodzás. Ins Dorf traute er sich nicht, nur in die Gärten. Er lag schon eine Weile im Gestrüpp. Akazien und Holunder, knorrig alte Zwetschkenbäume, im dürren Gras lag allerlei Kram herum. Lumpen, verbeulte Töpfe, Blechteller, ein blaues Nachtgeschirr, welke Disteln. Ab und zu erhob er sich ein wenig, stützte sich auf die Ellbogen, guckte ins Dorf hinab.

Nichts regte sich. Im Garten sonnte sich der Nachmittag. Er legte sich wieder ins Gras zurück. Am blassen Himmel schwirrten kleine Vögel vorbei. Vielleicht haben sie's so eilig nach Ungarn. Ludwig guckte zu den Häusern hinab. Wer sitzt wohl in diesen Häusern? Werden sie ihn fassen und den Partisanen ausliefern? Die Schatten wurden länger. Später schauderte kühle Luft durch den Nachmittag. Er lag noch lange im welken Gras. Dann und wann krabbelte eine Laus auf ihm herum. Von Süden segelte das leichte Weiß nach Norden. Wolkenfetzen. Sollte denn niemand vorbeikommen? Was dann? Seit Monaten erträumte er sich diesen Tag, das kleine, auch von Ungarn bewohnte Dorf an der ungarischen Grenze, nun lag er dort im Gestrüpp, wartete auf jemanden, der vorbeikäme, der Ungarisch spräche, wenn's nur ein alter Mann wäre, eine alte Frau, die ihm die Grenze zeigen würden. Die sich in der Gegend auskennen würden. Oh Gott! Würde er hier in Bodzás gefasst, folgte das Ende! Die kennen kein Erbarmen!

Die Frau kam mit einem kleinen Korb und einer Hacke in den Garten. Ludwig legte sich dicht auf den Boden. Oh Gott! Das Herz hämmerte ihm fast im Kopf. Eine Frau, eine alte Frau! Schwarzer Rock, schwarzes Kopftuch. Sie ging etwas gebückt. Den Korb stellte sie unter einen Baum und begann, Kartoffeln zu buddeln. Ein schwarzer Schäferhund lief ihr nach. Bissiges Gekläffe und Gebell.

»Bogár!«

Er knurrte und rückte dem Gestrüpp immer näher.

»Bogár!' rief sie dem Hund nach.

»Vissza az udvarba!« Oh Gott. Sie redete Ungarisch.

»Bogár vissza az udvarba!«

Der Hund bellte nochmals drohend und lief dann zum Haus hinab. Ludwig erhob sich.

»Guten Tag, Tante!« sagte er halblaut.

»Wer bist du?«

Sie kam näher. Schwarze Trauer in den großen Augen, Misstrauen beschattete ihr Gesicht.

»Ich bin Wagner. Ludwig Wagner.«

»Bist du aus dem Lager?«

»Ja.«

Ihre Stimme wurde härter.

»Wer hat dich zu uns geschickt? Ich will wissen, wer dich zu uns geschickt hat.«

»Es hat mich niemand geschickt.«

»Was dann?«

»Man sagte mir, es leben hier auch Ungarn.«

Ludwigs Stimme zitterte immer mehr.

»Bitte Tante. Man sagte im Lager, die Ungarn wären nicht wie die Partisanen. Bitte, zeigen Sie mir den Weg zur Grenze. Bitte Tante! Ins Lager kann ich nicht mehr zurück. Wenn die Partisanen mich hier aufspüren... Sie wissen nicht, wie schrecklich die sind. Sie wissen es nicht.«

»Du musst weg von hier!«

»Wo soll ich denn hin?«

»Du musst weg!«

»Bitte Tante!«

»Hier darfst du nicht bleiben!«

»Bitte!«

»Wie alt bist du denn?«

»Fünfzehn.«

»Komm! Du bleibst bei uns im Stall. Wenn es finster wird, verkrümelst du dich. Komm schon!«

Von außen machte sie die Stalltür dicht. Ludwig hörte noch das Klirren des Riegels, dann wurde es wieder still. Er setzte sich auf die Pritsche in der Ecke. Heu, Stroh, dicke Rüben. Durch das enge Fenster fiel spärliches Licht in die Stille. Er wartete, horchte gespannt auf jeden Laut, wie das Wild in der Fanggrube. Wird sie mich der Behörde ausliefern? Wird sie das? Ihr Blick machte ihn ganz wirr.

Der auf den Hof holpernde Wagen zerbrach die Stille im Stall. Er schaute zum Fenster hinaus. Vor den Wagen waren zwei Kühe gespannt. Der Bauer schritt neben dem schweren Wagen.

»Csillag! Zsömle! Macht schon!«

Der Hund bellte den Kühen freundlich zu. Hühner flatterten in den anbrechenden Abend. Ludwig stand dort am kleinen, verstaubten Stallfenster und hörte, wie ihm das Herz klopfte. Er wollte nichts aus den Augen lassen. Bald eilte die Bäuerin herbei. Sie ging zum Wagen, verstehen konnte sie Ludwig nicht. Bald weinte sie, sie zeigte auf den Stall. Der Bauer führte die Kühe zum

Holztrog, zog Wasser aus dem Brunnen, sie eilte wieder ins Haus zurück. Er trug einen grauen Hut ohne Krempe. Große Gummistiefel, einen braunen Kittel, darüber eine blaue Schürze. Er ließ die Kühe noch am Brunnen.

Der Riegel klirrte hart an der Stalltür. »Die Tür machen wir wieder zu. So. Ich habe gehört, dass wir Besuch hatten. Da bist du ja.«

»Bitte, Herr...«

»Sag doch Onkel János zu mir.«

»Bitte, Onkel János.«

»So, so.«

Er lächelte Ludwig zu. Breites Gesicht, leichter Tabakgeruch.

»Ich weiß, du willst über die Grenze.«

»Ja.«

»Na ja. Vor einem Jahr noch. Damals schon. Jetzt muss es ein ganz toller Bursche sein, der es wagt. Die Partisanen haben alles dicht gemacht.«

»Bitte!«

»Versuch es nicht, mein Junge! Tu es nicht! Es hat schon so manchen schwer getroffen.« Er setzte sich auf die Pritsche.

»War die Bäuerin, meine Frau, nicht grob zu dir? Man darf es ihr nicht übel nehmen. Das arme Weib! Sie kann es nicht verkraften. Unser Sohn wollte ein junges, schwäbisches Ehepaar über die Grenze schmuggeln. Er war zwanzig, die Schwaben waren auch nicht älter.«

»Mein Gott!«

»Meine Frau hat es in den Augen. Ich schrecke

170

auch oft aus meinem Schlaf auf. Im Traum knallen die Schüsse immer noch! So. Ich will jetzt die Kühe in den Stall lassen. Die hatten auch einen schweren Tag.«

Später brachte der Bauer eine kleine Öllampe. Spärliches Licht, ferne Geräusche. »Jetzt wirst du schon verstehen, warum du nicht bei uns bleiben kannst.«

»Ja.«

»Und die Tante wirst auch verstehen.«

Sie hatte schon längst nicht mehr die grobe Stimme vom Nachmittag, als sie mit einer Schüssel in der Hand zur Pritsche kam. »Ich habe eine gute Kartoffelsuppe mit Wurst gekocht. Nimm, mein Kind! Hier habe ich auch noch Weißbrot mitgebracht.«

»Schmeckt's?« meinte der Bauer nach einer Weile.

»Sehr gut!«

»Das freut mich. Draußen wird es schon ganz dunkel. Du kannst dich langsam auf den Weg machen. Und warum willst du nach Ungarn?«

»Ich will in eine Klosterschule.«

»In eine Klosterschule?«

»Zu den Franziskanern.«

»Du willst doch nicht sagen, dass du Priester wirst?«

»Franziskaner. Ein Frater. Das will ich.«

Sie nahm den Löffel und die Schüssel. »Gleich. Ich komme gleich.«

Kühle Luft fiel in den Stall. Ludwig wäre am liebsten im Stall geblieben. Die Bäuerin brachte eine runde Holzmulde.

»Ich bringe gleich warmes Wasser. Du wirst dich schön waschen.«

Sie ging hinaus und brachte bald das warme Wasser. »Hier die Seife, das Handtuch und die Wäsche. Deine verlausten Klamotten werden wir gleich verbrennen.«

Die Kühe raschelten mit dem Heu. Die Seife duftete nach Rosen. Sie brachte einen feinen Anzug, Schuhe, Socken

»Das war der Lieblingsanzug unseres Sohnes.«

Später kam auch der Bauer in den Stall. Er brachte einen Rucksack mit.

»Ich will's versuchen. Gott stehe uns bei. Den Rucksack nimmst du mit. Kleider und Wäsche von unserem Feri. Und hier, etwas ungarisches Geld. Pengő. Wir brauchen es nicht mehr.«

»Wir haben auch Speck, Brot und eine Wurst in den Rucksack gepackt. Gott segne dich, mein Kind, und leite dich auf deinen Wegen«, sagte die Bäuerin. Sie umarmte Ludwig und weinte still vor sich hin. »Bete für uns, wenn du in Ungarn bist.«

»Gott segne dich, Veronika! Ich bin bald wieder bei dir. Sollte etwas schief gehen...«

»Sag das nicht, bitte!«

»Den Hund sperre ich in die Küche, damit er uns nicht folgt. Mit seinem Bellen bringt er uns noch die Partisanen auf den Hals. Geh zu Bett, ich werde Ludwig bis an die Grenze führen.«

Sie gingen an den Gärten vorbei, dann nach Norden. Der Onkel blieb immer wieder stehen und horchte in die Stille der Nacht. Sie waren schon ziemlich weit vom Dorf entfernt, als er leise sagte: »Guck mal! Die Bäume dort sind schon in Ungarn! Hier kommen die Partisanen selten vorbei. Wenn du zur einsamen Birke kommst, bleib nicht mehr stehen, jage, wie du nur kannst. Der liebe Gott wird dir schon helfen, mein Sohn!«

Der Mond rutsche hinter die dicken Regenwolken.

»Oh Gott! Ein Motorrad!«

»Rasch, rasch hinter den Busch! Legen wir uns hinter den Busch!«

Das Motorrad schepperte am Busch vorbei.

»Lauf jetzt! Und nicht mehr stehen bleiben!«

Er schaute Ludwig nach.

»Da bin ich, Veronika!« sagte er, als er seine Frau am Fenster erblickte.

»Gott sei Dank und Lob! Ludwig?«

»Er ist frei! Er ist schon in Ungarn!«